Das Geheimnis
von Compton Lodge

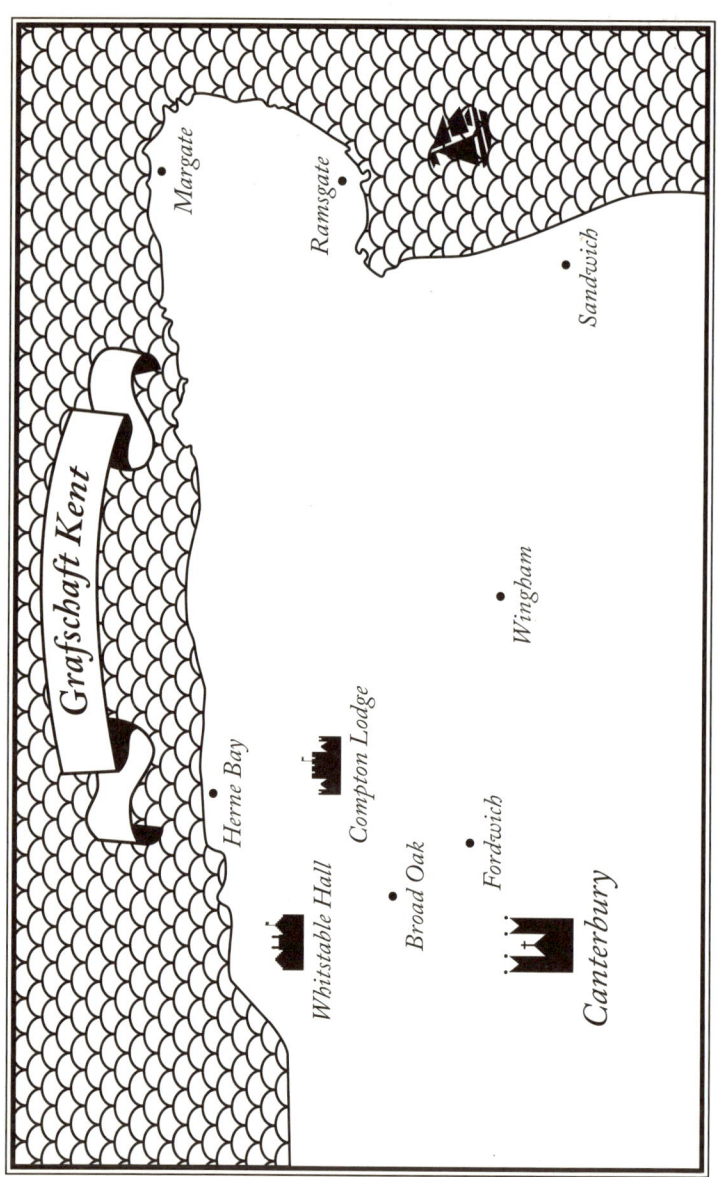

Grafschaft Kent

Margate

Ramsgate

Sandwich

Herne Bay

Compton Lodge

Whitstable Hall

Broad Oak

Fordwich

Wingham

Canterbury

PETER JACKOB

Das Geheimnis von Compton Lodge

Ein Sherlock Holmes Roman

g GOLLENSTEIN

Inhalt

Für H.P.W.

Ich bin bereit, für meinen Gott zu sterben, damit durch mein Blut die Kirche Freiheit und Frieden erlangen möge.

Letzte Worte von Thomas Becket (1118-1170)

I. Prolog

Er hörte das Rauschen des Meeres. Die klare, frische Luft tat ihm gut, auch wenn er kaum atmen konnte, so sehr drückte die Last des Gewissens auf seine Brust. Er hatte schwere Schuld auf sich geladen. Tränen liefen ihm über die Wangen, er wusste, dass sein Weg unweigerlich hier enden würde. Wieso nur hatte er sich auf dieses teuflische Unterfangen eingelassen? Immer wieder stellte er sich im Stillen dieselbe Frage.

Er sah sich um, die engen Fesseln an Händen und Beinen schnitten in sein Fleisch. In gewisser Weise war dieses Urteil ein Trost, eine Läuterung seiner Seele. Ohne jeden Zweifel befand er sich in der Nähe des Ufers, doch konnte er in der Dunkelheit nicht ausmachen, wo genau. Ihn würde die gerechte Strafe ereilen, denn er war schwach geworden. Einer der sieben Todsünden war er verfallen, der Habgier – Avaritia. Wie oft hatte er darüber gelesen, wie viele Male war er davor gewarnt worden. Doch all das hatte ihn nicht vor ihr bewahrt.

Plötzlich wurde er nach oben gezogen – er war so in Gedanken vertieft gewesen, dass er niemanden hatte kommen sehen. Ein neuer Tag, sein letzter Tag kündigte sich soeben mit dem noch schwachen Licht der aufgehenden Sonne an. Es hatte eine ganze Weile gedauert, bis man ihm auf die Spur kam. Er stand da und blickte nicht auf, er hatte verdient, dass man ihn richtete. Eigentlich war dies nicht mehr als die Folge seines Versagens. Er schickte ein Stoßgebet gen Himmel und schloss die Augen. Das im Morgenlicht aufblitzende Schwert sah er nicht mehr.

II. Geistanregende Kälte

Der Januar des Jahres 1899 war der wohl kälteste Wintermonat während unserer gemeinsamen Zeit in der Baker Street. Erst seit wenigen Tagen war ich von einem schweren Fieber genesen, das mich beinahe zwei Wochen ans Bett gefesselt hatte. Holmes hatte einige Nächte neben meiner Schlafstätte zugebracht und widmete sich meiner Genesung mit einer solch ungeheuren Ausdauer, als handelte es sich um den vertracktesten Fall seiner Karriere. Nun war ich kurz davor, die Arbeit in meiner Praxis wieder aufzunehmen. Allerdings hatte ich mich mit meinem behandelnden Kollegen, Dr. Hunter, darauf verständigt, noch eine Woche mit viel Schlaf, nahrhaftem Essen und ausgiebigen Spaziergängen zu verbringen. Dass ebendiese Woche nun eine der aufreibendsten und schockierendsten meines Lebens werden würde, war an jenem Samstagmorgen noch in keiner Weise abzusehen.

Ich saß am Frühstückstisch in unserem gemeinsamen Wohnraum, den Mrs. Hudson freundlicherweise vorab schon auf eine angenehme Temperatur gebracht hatte, als die Tür aufschwang und Holmes dick vermummt, mit schwerem Mantel bekleidet, das Zimmer betrat.

»Watson!«

»Ja, Holmes?«

»Wie fühlen Sie sich heute Morgen?«

»Ich kann nicht klagen. Mir ist zwar trotz Kamins und Morgenmantels kalt, aber das dürfte weniger meiner Konstitution als der eisigen Polarluft zuzurechnen sein, die uns derzeit heimsucht.«

»Es ist tatsächlich nicht warm, aber diese klirrende Kälte hat doch etwas durchaus Erfrischendes.«

»Erfrischendes, Holmes?«

»Watson, unsere lieben Mitbürger überlegen sich bei solchen Bedingungen genau, was sie tun. Es gibt kaum jemanden, der grundlos herumläuft oder sinnlose Gespräche zu führen versucht. Demzufolge reduziert sich die plagende Geistlosigkeit auf ein erträgliches Maß. Ich hoffe, dass uns noch Wochen, nein, Monate mit diesen wunderbaren Temperaturen bevorstehen.«

Ich hatte schon zu einer feurigen Gegenrede ansetzen wollen, als ich den funkelnden Blick meines Freundes erhaschte.

»Nun, dann schlage ich Ihnen vor, Sie drehen draußen noch eine weitere kleine Runde, genießen die geistanregende Kälte und erwarten mich in einer halben Stunde an der Tür zu unserem gemeinsamen Parkspaziergang.«

»Bravo, Watson. Touché.«

Holmes ging nicht weiter auf meine Anregung ein, kam näher und warf Mantel, Schal und Handschuhe auf den Stuhl seines Experimentiertischs. Er setzte sich zu mir, füllte sich meine Kaffeetasse und leerte sie in einem Zug.

»Aber wenn ich es mir recht überlege, bevorzuge ich eine Tasse Bohnenkaffee und die etwas beschränkten Kochkünste von Mrs. Hudson.«

Er sah vom Tisch auf und mich an. Sein Blick wanderte zu meiner Stirn und verharrte dort, als suchte er in mich hineinzuschauen.

»Holmes?«

Er reagierte nicht. Ich wartete einen Augenblick und sprach ihn dann erneut an.

»Ja doch, Watson. Was haben Sie denn?«

»Was ich habe? Sie observieren mich, als wäre ich ein zu extrahierendes Geschwulst.«

»Watson, sagt Ihnen Compton Lodge etwas?«

»Compton Lodge?« Ich überlegte. »Nein, nicht, dass ich wüsste.«

»Nicht, dass Sie wüssten? Und was sagt Ihnen das verschwundene Zimmer?«

»Wollen Sie mich auf den Arm nehmen?«

Ich stand auf, um mich für unseren gemeinsamen Spaziergang fertig zu machen.

»Watson! Das verschwundene Zimmer.«

Ich ging in meinen Wohnraum. Als ich kurz danach wieder zurück war, stand mein Gefährte schon angekleidet in der Tür.

»Kommen Sie, ich muss Ihnen etwas zeigen«, sagte er und verließ den Raum.

Sein Tatendrang überraschte mich, denn nichts deutete auf einen neuen Fall hin. Als ich wenig später in die Baker Street hinaustrat, wartete er bereits auf der gegenüberliegenden Straßenseite und winkte mir zu. Sein Verhalten kam mir sonderbar vor. Ich versuchte keinen weiteren Gedanken daran zu verschwenden und überquerte die Straße. Wir liefen in Richtung Park Road und fanden uns wenige Minuten später im Regent's Park wieder. Holmes schien etwas zu beschäftigen. Unser Gespräch verlief stockend, er wirkte beinahe desinteressiert. Mit einem Mal blieb er stehen und sah sich suchend um.

»Wären Sie bitte so freundlich und würden mir erklären, was mit Ihnen los ist?«

Er schaute mich an. Sein Blick glitt prüfend an mir herunter, dann nach oben und verharrte ein weiteres Mal auf meiner Stirn. Daraufhin entfernte er sich mit schnellen Schritten, riss von einem Strauch einen Zweig ab und war auch schon wieder zurück.

»Und was soll das, bitte?«

»Sehen Sie sich den Strauch an.«

»Holmes, das ist ganz gewöhnliches Farnkraut.«

»Farnkraut. Genau. Und?«

»Und was?«

Er warf einen beiläufigen Blick auf den Zweig, schüttelte leicht den Kopf und schnippte den Farn auf die Rasenfläche. Dann eilte er in Richtung York Gate davon. Ich konnte mir keinen Reim auf sein sonderbares Benehmen machen. Als ich ihn am Ausgang einholte, entschieden wir, noch einen Grog in einem der umliegenden Kaffeehäuser zu trinken. Es gelang uns, einen kleinen Tisch mit Blick auf die Straße zu ergattern. Ich hatte genug von seinem Verhalten, es bedurfte einer Klärung.

»Was hatten Sie vorhin mit der Frage im Sinn, ob ich Compton Lodge kenne? Und was, bitte, hat es mit diesem verschwundenen Zimmer auf sich? Wenn ich Sie nicht so gut kennen würde, müsste ich an Ihrer geistigen Zurechnungsfähigkeit zweifeln.«

Sein Gesichtsausdruck verriet Verwunderung und Interesse, als würde er ein ungewöhnliches Detail an einer Leiche untersuchen.

»Außergewöhnlich, ganz außergewöhnlich.«

Ich begann ungeduldig zu werden.

»Holmes! Ich fordere Sie auf, mir jetzt hier auf der Stelle Auskunft zu geben, sonst sehe ich mich gezwungen, das Kaffeehaus zu verlassen.«

»Dann sehen wir uns zu Hause. Ich werde noch einen Moment nachdenken und Ihre Einwürfe sind, gelinde gesagt, nervtötend.«

Ich fuhr vom Tisch hoch, konnte gerade noch verhindern, die Decke mitzureißen, und stürmte davon. Was war nur in ihn gefahren? Mein anfänglicher Ärger verflog bald, denn es war so ungeheuer frostig, dass es aller Energie bedurfte, um der Kälte standzuhalten. Zurück in der Baker Street bat ich Mrs. Hudson um den Grog, der mir soeben verwehrt geblieben war, und befeuerte den Kamin.

Der *Daily Telegraph* berichtete über die hohe Zahl von erfrorenen Obdachlosen, diskutierte die gegen dieses Elend zu ergreifenden Maßnahmen und die daraus entstehenden Kosten. Mrs. Hudson kam mit meinem Heißgetränk die Tür herein und kümmerte sich dankenswerterweise noch einmal um das Feuer. Ich hatte es mir gerade in einem Sessel bequem gemacht, als Holmes eintrat und sich nach einem kurzen Aufenthalt in seinen Gemächern zu mir gesellte.

»Watson, überlegen Sie bitte noch einmal, sagt Ihnen das verschwundene Zimmer nicht doch etwas?«

Wie schon zuvor, sah ich ihn auch dieses Mal erstaunt an, was war nur in ihn gefahren? Holmes unterbrach mich bei meinem Versuch etwas einzuwenden.

»Nein. Kein Kokain oder sonstige Rauschmittel. Simples Zuhören, mein Freund.«

Ich wusste nicht, wie reagieren.

»Sie erinnern sich doch hoffentlich an die letzten beiden Wochen?«

Ich nickte.

»Auch an Ihren Gesundheitszustand?«

Wieder nickte ich.

»Auf dem Höhepunkt Ihres Fiebers haben Sie begonnen, mich mit absonderlichen Bemerkungen zu ködern.«

»Zu ködern?«

Erneut war ich kurz davor, mich ernstlich zu empören, doch mein Gefährte hob die Hände zu einer entschuldigenden Geste.

»Sie erzählten mir höchst sonderbare Begebenheiten über einen Ort namens Compton Lodge. Wie ich mittlerweile herausgefunden habe, residierte dort bis vor etwa fünfundzwanzig Jahren Ihr Großvater mütterlicherseits, Sir Edward Ashton.«

»Jetzt, wo Sie es sagen! Der alte Herr lebte tatsächlich auf dem von Ihnen erwähnten Landsitz dieses Namens.«

»Und Sie haben sich nie dort aufgehalten?«

»Nicht, dass ich wüsste.«

Holmes schwieg eine Weile, dann stand er auf und ging zum Kamin, um sich eine Pfeife zu stopfen. Langsam kamen Zweifel in mir hoch. Er legte seine Hand auf meine Schulter und tätschelte sie leicht, was mich irritierte. Schließlich kam er um den Sessel herum und zog ein Blatt Papier aus seiner Tasche hervor.

»Sie sollten einen Blick auf diese Unterlagen werfen, es dürfte Sie interessieren. Ich darf hinzufügen, dass Sie mich mehrfach während Ihres Krankenlagers darum baten, Ihren Fall zu übernehmen. Und ich habe Ihnen schließlich mein Ja-Wort gegeben.«

Er schmunzelte kurz und ließ das Blatt auf meinen Morgenmantel fallen. Nachdem ich einen Augenblick überlegt hatte, schaute ich zu ihm auf, dann auf das Papier in meinem Schoß und wieder in sein regungsloses Gesicht.

»Sie nehmen mich doch nicht auf den Arm, Holmes?«, unternahm ich einen letzten Versuch.

»Lesen Sie, ich nutze die Zeit und werde ein paar Experimente durchführen. Wenn Sie sich über die Bemerkungen auf dem Zettel im Klaren sind, können wir vielleicht endlich zu den Fakten dieses Falls kommen.«

»Des Falls, Holmes?«

Er tat gelangweilt und schien ermüdet von meiner Uneinsichtigkeit, wandte sich ab und ging zu seinem Arbeitstisch.

»Lesen Sie, Watson«, und nach einer kurzen Pause, »bitte!«

Ich beobachtete ihn noch dabei, wie er eine rötliche Flüssigkeit in ein Reagenzglas füllte, den Bunsenbrenner anzündete und mit dem Erhitzen derselben begann. Ich nahm den Zettel und betrachtete seine Aufzeichnungen. Um dem Leser einen Einblick über meinen damaligen Geisteszustand zu vermitteln, führe ich im Folgenden den Wortlaut von Holmes' Niederschrift auf:

3. Januar, 18 Uhr
Watson beginnt sich hin- und herzuwälzen, klagt und flüstert immer wieder die Worte »Wie in Compton Lodge, wie in Compton Lodge«. Nachdem er etwa zwei Stunden geschlafen hat, sitzt er plötzlich im Bett und schreit: »Nein, ich habe nichts damit zu tun.« Dann nimmt er die Hände vors Gesicht und weint leise. Ich warte, bis er sich beruhigt hat, schüttele ihn kräftig und schlage ihm ein paar Mal

mit der flachen Hand ins Gesicht. Er wird wach, sieht mir in die Augen und fleht mich um Hilfe an. »Ich kann nichts dafür, Holmes, ich kann nichts dafür. Sie müssen mir helfen!« Kurz darauf schläft er ein.

3. Januar, 23 Uhr
Ich habe es mir im Sessel vor Watsons Bett so bequem wie möglich gemacht. Dieser beginnt zu delirieren, erneut fallen die Worte »Compton Lodge« und er beteuert mehrfach seine Unschuld. Dieses Mal jedoch stöhnt er: »… es ist … verschwunden, weg, verschwunden«. An diesem Punkt fängt Watson an, immer schneller zu atmen und den Kopf von einer Seite auf die andere zu werfen, wieder und wieder. Endlich schläft er entkräftet ein.

4. Januar, 14 Uhr
»Schaffen Sie das Farnkraut weg, schnell, das Farnkraut!« Watson sieht mich an, als sei er vollkommen klar, nennt mich beim Namen, insistiert. Ich nicke und verspreche ihm, dass ich mich darum kümmern werde. Dann schläft er wieder.

4. Januar, 19 Uhr
Mrs. Hudson bringt eine heiße Brühe, die sie auf einen Hocker neben das Bett stellt. Watson wacht auf, betrachtet die Suppe und schlägt ohne jede Vorwarnung gegen den Teller, der an der gegenüberliegenden Wand landet. »Haben Sie ihn gesehen? Da war er, hier, im Zimmer!« Und nach einer kurzen Pause in vollkommen ernsthaftem Ton:

»Wenn Sie es nicht tun, tue ich es. Holmes, ich flehe Sie an.« Dann schlägt er wie von Sinnen Kinnhaken in die Luft, bis er gänzlich erschöpft zur Seite fällt und die Besinnung verliert.

5. Januar, 21 Uhr
Dem Patienten geht es seit seinem letzten Anfall deutlich besser, er erfreut sich guten Appetits und ist in Momenten in der Lage, kurze Gespräche zu führen. Nach einem langen, etwa fünfstündigen Schlaf wacht er auf und erkundigt sich nach seiner Garderobe. Ich werde stutzig, weise ihn darauf hin, dass er für heute keine mehr benötigen werde. Watson sieht mich an, ist ungehalten und verlangt erneut nach seiner Garderobe. Das Treffen stünde an, wie ich das habe vergessen können. Ich spiele mit und frage ihn, auf wie viel Uhr es anberaumt sei. Halb zehn, wie ich eine solch unsinnige Frage stellen könne. Ich vermute, dass er mich für eine andere Person hält. Was denn zu besprechen ist, will ich wissen. Watson nimmt die Hand vor den Mund, sieht sich um und flüstert: »Auge um Auge, Zahn um Zahn.« »Und wo?«, frage ich ihn. »Im Sitzungszimmer, wo denn sonst.« Mit einem Mal springt er vom Bett auf, stößt mich zur Seite und eilt aus dem Zimmer. Er trägt ein langes Nachthemd und blickt wie ein wild gewordener Irrwisch in unserem gemeinsamen Wohnraum umher. »Wo ist das Zimmer? Wo?«, schreit er. Watson reißt die Tür zu meinen Räumlichkeiten auf, kommt zurück und bricht zusammen. »Tun Sie etwas! Retten Sie ihn. In Gottes Namen, Holmes, ich flehe Sie an!« Ich versichere ihm, mein Bestes zu tun. »Das

Zimmer, es ist verschwunden!« Ich packe ihn, halte ihn fest. Nach und nach beruhigt er sich. Watson schläft ein und ruht bis zum nächsten Morgen.

Ich ließ das Papier sinken und sah mich nach Holmes um, der noch immer mit seinem Reagenzglas beschäftigt war. Ohne mich anzusehen, fragte er nach meinem Befinden und meiner Erinnerung. Es dauerte einige Minuten, bis ich mich in der Lage sah, zu antworten.

»Aber warum haben Sie mir nichts gesagt? Was sollte Ihr unsinniges Verhalten?«

»Es war in keiner Weise unsinnig. Ein Versuch, Ihr Gedächtnis anzuregen. Aber wie Sie ja selbst bemerkt haben, hatte ich keinen Erfolg damit. Das verschwundene Zimmer? Die Sitzung?«

»Ich erinnere mich an nichts, an rein gar nichts.«

III. Unerwarteter Besuch

Holmes hatte die Baker Street ohne einen Hinweis auf das Ziel seiner Unternehmung verlassen. Ich döste im Sessel vor mich hin und genoss die mittlerweile angenehme Temperatur des Wohnraums. Mrs. Hudson kontrollierte in regelmäßigen Abständen das Feuer und ließ es mir auch sonst an nichts fehlen. Als es draußen bereits dämmerte und ein schwerer Sturm durch die Straßen zog, klingelte es unerwartet an der Haustür. Kurz darauf kam Mrs. Hudson zu mir und kündigte einen Mr. Jeffries an. Ich wollte erst protestieren, doch sie gab mir zu verstehen, dass Mr. Holmes ihr ausdrücklich aufgetragen hatte, den Mann einzulassen. Ich stand auf, seufzte hörbar und bat unsere Haushälterin, den Mann hereinzubringen.

Mr. Jeffries war ein älterer Herr, schmal, mit kurzem, streng gescheiteltem Haar. Sein Aussehen war tadellos, sein Verhalten ließ mich vermuten, dass er als Diener oder Privatsekretär gearbeitet hatte. Er begrüßte mich höflich und nahm auf mein Angebot hin Platz.

»Ich bin Dr. Watson, ich nehme an, Sie warten auf Mr. Holmes?«

»So ist es, Sir.«

Er sah mich kurz an, dann ein zweites Mal, ein wenig länger. Mr. Jeffries bemühte sich, den Blick von mir abzuwenden, doch es gelang ihm nicht. Immer wieder trafen sich unsere Augen.

»Entschuldigen Sie, Sir. Dürfte ich Sie etwas fragen?«
Ich nickte.

»Ich möchte nicht aufdringlich erscheinen, aber wie, sagten Sie, lautet Ihr Name?«

Natürlich hätte ich auf seine Nachfrage hin abweisend reagieren können, aber sein freundlicher Ton hielt mich davon ab.

»Watson, Dr. John Watson.«

Er sah mich an wie einen Geist, erhob sich und kam auf mich zu. Dann gaben seine Beine unter ihm nach, und ich hatte alle Mühe, ihn zurück zu seinem Platz zu manövrieren. Ein Brandy tat sein Übriges und der alte Herr kam langsam wieder zu Kräften.

»Sie müssen entschuldigen, aber ich dachte …«
Wieder machte er eine Pause.

»Was dachten Sie, Mr. Jeffries?«

»Nun, ich dachte, John Watson wäre tot oder schwer verwundet worden und habe sich nie wieder davon erholt.«

Ich war einigermaßen erstaunt und wusste nicht recht, wie reagieren.

»Soll das ein verspäteter Neujahrsscherz von Mr. Holmes sein?«, fragte ich ihn ein wenig verstimmt.

»Nein, Sir, ganz und gar nicht.«

Noch bevor ich tiefer in die Problematik eindringen konnte, ging die Tür auf und mein Mitbewohner betrat den Raum.

»Ah, Mr. Jeffries. Gut, dass Sie es einrichten konnten, herzukommen. Watson, haben Sie sich schon bekannt gemacht?«

Ich verneinte. Sollte Holmes doch die Sache in die rechte Bahn lenken.

»Watson, das ist Andrew Jeffries, der ehemalige Privatsekretär Ihres Großvaters auf Compton Lodge. Er konnte sich noch an Sie erinnern, war aber der festen Überzeugung, dass Sie nach einem schweren Unfall körperlich gebrochen dahinvegetieren würden oder tot wären. Wir werden wohl gleich von ihm selbst hören, was ihn zu dieser Vermutung veranlasst hat. Mr. Jeffries, kann ich Ihnen noch einen Brandy anbieten? Oder vielleicht einen Grog oder etwas anderes?«

»Nein, vielen Dank, Mr. Holmes.«

»Dann erzählen Sie uns Ihre Geschichte. Und ich darf Sie bitten, so ausführlich wie möglich zu berichten. Lassen Sie sich Zeit, jedes Detail könnte von entscheidender Bedeutung sein.«

»Nun, der Vorfall dürfte jetzt ziemlich genau fünfundzwanzig Jahre zurückliegen. Ich stand schon seit langen Jahren in Diensten von Sir Edward, Dr. Watsons Großvater. Ein grimmiger alter Herr, der tunlichst jeden Kontakt zu seiner Familie vermied. Als sich jedoch sein Gesundheitszustand rapide verschlechterte und es klar war, dass er nur noch ein paar Wochen zu leben hatte, bat er seine wenigen Verwandten an einem Wochenende zu sich. Es waren die Kinder seiner verstorbenen Töchter: Walter, Sohn von Anne Cunning, sowie John und Henry Watson, die Söhne seiner jüngeren Tochter Mary.«

Ich sah unseren Besucher ungläubig an, der jedoch nickte und sich seiner Worte sicher zu sein schien.

»Sir Edward hatte, wie ich bereits erwähnt habe, einen schwierigen Charakter. Das Treffen sollte dazu dienen, über sein Erbe zu sprechen. Wie sich sehr bald herausstellte, war eine Vielzahl von Bedingungen zu erfüllen, um es anzutreten, wozu sich offenkundig nur Dr. Watsons Bruder Henry und sein Cousin Walter bereiterklärten. Später am Abend kam es zu einem wüsten Streit zwischen den beiden Anwärtern auf das Erbe. Dann geschah etwas Unvorhergesehenes: Sir Edward kündigte an, es Ihnen, Doktor, ohne jegliche Bedingung zusprechen zu wollen. Dann wurde die Runde aufgelöst und man ging zu Bett. Der alte Herr schien, zu meinem Erstaunen, mit dem Verlauf des Abends sehr zufrieden. Bevor er sich zurückzog, machte er es sich am Kamin bequem, trank einen Portwein und rauchte eine seiner besten Zigarren. Ich hatte durch meine Tätigkeit natürlich einen gewissen Einblick in die Abläufe im Hause und war ob seines Verhaltens beinahe ein wenig schockiert. Was ihn zu einem solchen Vorgehen getrieben hatte, vermochte ich nicht nachzuvollziehen, doch schien er Gefallen an der Situation zu finden. Fast musste ich den Eindruck gewinnen, er warte auf eine Katastrophe.«

Holmes starrte zu mir herüber, stand von seinem Lehnstuhl auf und ging zum Kamin.

»Hatte Sir Edward jemals angedeutet, dass er wegen irgendetwas verbittert war, Mr. Jeffries?«

»Nein, keineswegs. Aber ein so seltsames Gebaren legt eine solche Deutung natürlich nahe. Möglicherweise ist zu einem viel früheren Zeitpunkt etwas vorgefallen. Warum sonst hätte er so gehandelt?«

»Er ging also spät zu Bett, nehme ich an?«

»Ja, Mr. Holmes.«

»Und hat er sich vielleicht noch Kaffee bringen lassen?«

Mr. Jeffries schien zu versuchen, sich den fraglichen Abend noch einmal im Einzelnen ins Gedächtnis zu rufen.

»Jetzt, wo Sie es sagen! Er hat tatsächlich nach einem Kaffee verlangt.«

Holmes schien sichtlich zufrieden, stopfte seine Meerschaumpfeife und lief ein paar Minuten im Zimmer auf und ab. Jeffries sah mich an. Ich gab ihm zu verstehen, dass er einfach nur abwarten solle.

»So weit, so gut. Und was geschah am nächsten Morgen kurz vor dem Frühstück?«

Unser Besucher schaute meinen Gefährten beinahe fassungslos an.

»Mr. Jeffries, alles war doch darauf ausgerichtet, dass etwas passieren würde, und zwar vor der erneuten Zusammenkunft der Familie.«

»Sie haben Recht. Auf Viertel vor neun war das Frühstück anberaumt worden. Es stellte sich heraus, dass

John, also Dr. Watson, fehlte. Zuerst vermutete man nichts Ernstes, aber als er nach einer Stunde noch nicht aufgetaucht war, begann eine fieberhafte Suche nach ihm.«

»Wie lange hat es gedauert, bis es ein Lebenszeichen gegeben hat?«

»Zehn Tage, Mr. Holmes. Es dauerte zehn Tage. Dann kam ein Brief, in dem man versicherte, dass John zwar wohlauf sei, aber schwere körperliche Blessuren bei einem Sturz davongetragen habe. Nach seiner Genesung könne er wieder in den Kreis seiner Familie zurückkehren, aber es wäre ihm kaum mehr möglich, ein normales Leben zu führen. Das war – sinngemäß – die Aussage des Schreibens.«

Sowohl Jeffries als auch Holmes sahen mich an. Ich hatte den Bericht wie eine Bühnenvorstellung erlebt, in der über eine mir völlig fremd scheinende Person gesprochen worden war. Das sollte mir zugestoßen sein? Ich begann zu lachen, konnte gar nicht mehr aufhören und bekam kaum noch Luft. Dann spürte ich Holmes' Arm, der fest meinen Brustkorb umfasste und mir kurz darauf Brandy einflößte. Als ich mich beruhigt hatte, fand ich mich in eine Decke eingewickelt auf dem Sofa. Mein Mitbewohner rauchte eine Zigarette und starrte in das Feuer des Kamins.

»Was gedenken Sie zu tun, mein Bester?«, wollte er von mir wissen.

Ich streckte mich und schlang die Decke enger um den Körper, denn mir war erbärmlich kalt.

»Was würden Sie vorschlagen? Ich vermute, Sie haben sich schon einen Plan zurechtgelegt, oder? Ach, wo ist denn eigentlich Mr. Jeffries?«

»Ich nehme an, auf dem Weg nach Hause. Er hat uns alles mitgeteilt, was wir im Augenblick wissen müssen. Aber genug davon, Watson. Am besten bleiben Sie einfach auf dem Sofa liegen. Hier haben Sie noch eine Decke.«

Holmes warf sie mir im Aufstehen zu und verschwand in sein Zimmer. Kurz darauf verließ er in seinen dicken Wintermantel gehüllt die Baker Street mit den Worten: »Die Angelegenheit ist in hohem Maße verworren, Doktor. Wir sollten handeln, bevor es andere tun.«

IV. Canterbury

Das schwächer werdende Tageslicht fand gegen Abend im Londoner Nebel kein Durchkommen mehr und unser gemeinsamer Wohnraum versank zunehmend in einem matten Grau. Nur das Lodern des Kaminfeuers behauptete sich gegen die Dunkelheit. Ich hatte einen Großteil des Nachmittags schlafend verbracht, was meiner Stimmung erheblich zugute kam. Mrs. Hudsons Pflege des Kaminfeuers und eine dritte Decke hatten ihr Übriges getan. Die flackernden Schatten an den Wänden schienen mich sanft zu umgarnen, zu wiegen, ich fühlte eine ungemeine Leichtigkeit. Plötzlich jedoch schrumpfte der Wohnraum und das Sofa schaukelte. Jemand sprach in flehentlichem Ton zu mir, doch konnte ich die Worte nicht fassen. Mir schien, als käme eine Person auf mich zu, aber ein Nebel verhinderte, dass ich sie erkennen konnte. Als würde ein Loch in dem grauen Dunst entstehen – war plötzlich etwas an der Wand zu erkennen, das aussah wie ein Wappen. Kurz darauf versank wieder alles in unscheinbarem Grau.

Mrs. Hudson weckte mich gegen halb neun Uhr abends und brachte mir eine stärkende Fleischbrühe.

Die zuvor erlebte Szene war mir noch lebhaft im Gedächtnis. Als sich Holmes kurze Zeit später zu mir gesellte, hatte ich mich wieder so weit erholt, dass ich mit vollem Interesse seinen Ausführungen folgen konnte. Er stand, eine Pfeife paffend, am Fenster und beobachtete nachdenklich das Treiben in der Baker Street.

»Fühlen Sie sich stark genug, mit mir eine kleine Reise aufs Land zu unternehmen?«

»Ich weiß nicht, Holmes. Meinen Sie denn, dass sie der Erholung dienen wird? Mein Kollege Dr. Hunter hatte mich dringend gebeten, Anstrengungen jedweder Art zu vermeiden.«

»Lassen Sie sich überraschen. Ich werde mein Bestes tun, es Ihnen so angenehm wie möglich zu machen.«

Obschon ich ahnte, dass sicherlich nichts aus einer geruhsamen Fahrt werden würde, stimmte ich zu. Der Gedanke daran, der Baker Street nach Wochen wieder einmal den Rücken zu kehren und in den Genuss der englischen Landluft zu kommen, war ein zu großer Reiz, um abzulehnen.

Am Sonntagmorgen brachen wir von Victoria Station aus in die Grafschaft Kent auf. Mein Gefährte hatte uns in einen Gasthof unweit von Canterbury einquartiert, der ihm wohl schon einmal bei einem seiner früheren Fälle als Unterkunft gedient hatte. Nach einer ereignislosen Fahrt, bei der kaum ein Wort gewechselt wurde, erreichten wir am späten Vormittag den Bahnhof. Von dort aus brachte uns ein Hansom in das nordöstlich der Stadt gelegene Fordwich, wo wir im Pigeons Inn abstiegen.

Die Wirtsleute, Mr. und Mrs. Brown, waren zwar wortkarg, vereinten jedoch die zurückhaltende Freundlichkeit der Menschen der Region in sich, die ausgesprochen angenehm auf mich wirkte. Nachdem wir unsere Koffer abgestellt und uns kurz ausgeruht hatten, schlug mir Holmes vor, einen Abstecher nach Canterbury zu machen. Ein ausgezeichneter Vorschlag, dachte ich mir und willigte ein. Der Ort verdankt seine Berühmtheit vornehmlich seiner Kathedrale, den Kirchen St. Paul und St. Martin und natürlich den »Canterbury Tales« von Chaucer. Das Städtchen strahlte eine altehrwürdige, geistfreundliche Atmosphäre aus. Nach einem ausgiebigen Spaziergang schlug mein Freund vor, sich in einem der Pubs ein Pint Ale zu genehmigen. Zuerst plauderten wir angeregt über die musikalischen Leckerbissen der kommenden Saison. Das Bier schmeckte und Holmes war bestens aufgelegt, was ihn dazu bewegte, mir ein paar Details über die Ursprünge seiner detektivischen Leidenschaft zu verraten.

»Es hat übrigens alles mit einer verschwundenen Stimmgabel begonnen.«

»Was hat wie begonnen, Holmes?«

»Mein Interesse für die Deduktion.«

Ich zögerte, worauf wollte er hinaus? Natürlich kannte ich seine Vorliebe für die genaue Beobachtung und die rechte Schlußfolgerung daraus.

»Und was hat das mit einer Stimmgabel zu tun?«

»Unser Vater hatte die Angewohnheit, jeden Abend nach dem Essen noch ein wenig Klavier zu spielen.

Bevor er jedoch zu musizieren anfing, griff er seine Stimmgabel und prüfte den Klang des Instruments. Es war immer die gleiche Prozedur. Die Gabel wurde in unserer Familie über Generationen weitergegeben.«

»Und dann war sie eines Tages verschwunden, Holmes?«

»So ist es. Der alte Herr war ein gewissenhafter und präziser Mann. Als er bemerkte, dass dieses, aus seiner Sicht, unersetzbare Objekt fehlte … ich brauche Ihnen wohl kaum weiter auszuführen, was das bedeutete. Um es kurz zu machen, sie tauchte nicht auf, selbst nachdem man das Haus auf den Kopf gestellt hatte. Was auch unternommen wurde, sie war nicht zu finden. Mein Bruder Mycroft fand meine leidenschaftliche Suche enervierend, wie er sich auszudrücken pflegte.«

»Und Sie haben die Stimmgabel aufgespürt?«

Holmes zog an seiner Meerschaumpfeife und grinste versonnen.

»Die Sache ließ mich nicht mehr los, ich war wie besessen. Und als ich die Stimmgabel schließlich präsentieren konnte, war mein Vater außer sich vor Freude.«

»Wo war sie? Wie haben Sie es angestellt?«

»Ich hatte mich erinnert, dass es an dem Tag, als die Stimmgabel verschwand, sonnig und warm war. Einer der ersten Frühlingstage im Jahr. Wie ich von einer der Hausangestellten erfuhr, hatte sie das Fenster des Raums, in dem sich Klavier und Gabel befanden, eine gute Stunde lang komplett geöffnet, um zu lüften. Das Zimmer lag im ersten Stock unseres Hauses zum Garten hin; es hätte also einer hohen Leiter bedurft, um einzusteigen, was ich aber wegen der nicht vorhandenen Abdrücke auf der Wiese schnell ausschließen konnte. Also kein Diebstahl, … wobei das nicht ganz stimmt.«

Holmes lächelte verschmitzt.

»Demnach hatte jemand vom Personal die Finger im Spiel.«

»Nein, Watson. Und wir hatten auch keinen Besuch. Der Dieb war ein höchst intelligentes Tier, das man übrigens schon von alters her bezichtigt, besonders gerne glänzende Objekte zu stehlen.«

»Eine diebische Elster«, warf ich dazwischen.

»Genau! Eine Woche lang stellte ich Beobachtungen an. Diese Tiere besitzen eine besondere Fähigkeit, weshalb sie ihren Artgenossen überlegen sind, denn sie haben eine Art Gedächtnis für Objekte. Elstern können Futter oder andere Gegenstände in separaten Verstecken horten. Im Gegensatz zu ihren Artgenossen wissen sie, auch ohne das Objekt wahrzunehmen, wo sie es versteckt haben.«

»Wunderbar, Holmes. Nur, wie sind Sie auf die Elster gekommen?«

»Ein Nest in einem alten Ahorn nur ein paar Yards vom Haus entfernt. Übrigens einer der bevorzugten Nistplätze dieser Vögel. Ich habe an einem sonnigen Morgen ein Experiment gemacht und einen silbernen Löffel als Köder benutzt. Dann habe ich mich bei geöffnetem Fenster im Raum versteckt. Es hat etwas gedauert, aber dann kam die diebische Elster zurück an den Ort der Tat und flog schließlich mit dem Besteckteil davon. Ihr Versteck entdeckte ich in einer Lücke zwischen zwei Dachziegeln. Damit war mein erster Fall geklärt, vor allem aber mein Interesse geweckt.«

Holmes war bestens aufgelegt, die Erinnerung an diese Episode versetzte ihn geradezu in Hochlaune, weshalb er wohl auf die Ereignisse zu sprechen kam, die sich vor gut zwanzig Jahren hier in Kent zugetragen und ihn schon damals in diese Gegend verschlagen hatten.

»Eine komplizierte Sache, Watson. Ich wurde erst einige Wochen später hinzugezogen, als man die Hoffnung auf eine Klärung der Hintergründe schon so gut wie aufgegeben hatte.«

Er wartete auf eine Reaktion meinerseits, die jedoch ausblieb. Holmes holte sein Zigarettenetui heraus und ließ es durch die Finger der linken Hand gleiten. Das Gespräch stockte, ohne dass ich einen Grund dafür hätte nennen können. Dann sprach er unvermittelt weiter:

»Sie erinnern sich vielleicht an den Skandal um diesen Pfarrer, den man enthauptet am Strand, übrigens hier in der Nähe in Herne Bay, gefunden hat? Ich wurde von Bischof Milton Montgomery, dem Stellvertreter des Erzbischofs von Canterbury, hinzugezogen. Allerdings erst, nachdem die offizielle Untersuchung bereits abgeschlossen war.«

Die auf der Tischplatte verteilt liegenden Brotkrumen schnippte er auf den Fußboden. Ich wurde den Eindruck nicht los, dass mein Gefährte seinen Bericht abzubrechen versuchte.

»Holmes!«

»Ja, Watson?«

»Warum wurden Sie dann noch nachträglich hinzugezogen?«

»Wir reden ein anderes Mal darüber.«

Mir blieb der Mund offen stehen, erst begann er mit dieser abenteuerlichen Erzählung und jetzt sollte ich auf einen unbestimmten Zeitpunkt vertröstet werden?

»Erzählen Sie schon! Lassen Sie sich doch nicht so bitten.«

Er starrte vor sich hin und schüttelte mehrfach leicht den Kopf. Sein Blick war ins Leere gerichtet, es brauchte mehrere Aufforderungen, bis er sich mir wieder zuwandte.

»Die Kirche selbst hat die Vorgänge damals verschleiert. Wie es Bischof Montgomery gelungen ist, die Polizei davon zu überzeugen, den Fall nicht weiter zu verfolgen, kann ich Ihnen nicht sagen.«

»Und?«

Selbst mein mehrfaches Insistieren konnte ihn nicht dazu bewegen, weiterzusprechen. Ich hatte ein Einsehen, er würde früher oder später ohnehin darauf zurückkommen.

»Lassen Sie uns gehen«, schlug ich vor, »ich spüre, dass meine Kraft nachlässt.«

Im Pigeons Inn nahmen wir eine für die englische Landküche beachtliche Mahlzeit ein, Mrs. Brown übertraf mit ihrem Irish Stew meine kühnsten Erwartungen. Holmes schien ein wenig abwesend und grüblerisch, als gäbe es ein Problem, das er immer wieder durchdachte. Wir zogen uns auf unser Zimmer zurück und saßen gerade bei einem trockenen Sherry, als es klopfte und ein etwas ländlich aussehender, stämmiger Mann eintrat. Mein Gefährte stellte ihn als Jason Butler vor und bat ihn Platz zu nehmen. Seine schweren Schritte ließen alle leichteren Gegenstände im Raum vibrieren.

»Und? Haben Sie das Gut inspiziert?«

»Ja, Mr. Holmes. Es ist genau, wie Sie vermutet haben, heruntergekommen und in schlechtem Zustand. So, als hätte schon seit Jahrzehnten niemand mehr danach gesehen. Ein höchst trauriger Anblick.«

Ich war überrascht. Der Mann wirkte zwar ein wenig grob, aber seine Redeweise verwies ohne jeden Zweifel auf eine gute Bildung. Das erwähnte Anwesen, so erfuhr ich aus der Erzählung, lag in der Nähe der Küste, nur ein paar Meilen von unserem Gasthof entfernt. Butler händigte meinem Gefährten drei Bögen Papier aus und verabschiedete sich von uns. Holmes verteilte sie auf dem Boden: Zwei davon zeigten den Grundriss eines englischen Landsitzes, zum einen das Haupt- und zum anderen das Nebengebäude. Das dritte Blatt stellte eine erweitere Ansicht auf den gesamten Besitz dar. Holmes rauchte eine Zigarette, langsam, ohne Hast und starrte weiter auf die einzelnen Blätter. Ich hingegen wurde immer müder, weshalb ich entschied, mich hinzulegen. Mein »Gute Nacht, Holmes« blieb unbeantwortet, wie viele Fragen an diesem Tag.

V. Compton Lodge

Nach dem Frühstück machten wir uns für einen Morgenspaziergang fertig. Holmes verstaute die Papiere in einer ledernen Umhängetasche und steckte seinen Feldstecher ein. Draußen erwartete uns zu meiner Überraschung Jason Butler, der in einem robusten Arbeitsanzug steckte. Was hatte Holmes vor? Eine Landpartie? Es war diesig und feuchtkühl.

»Wohin soll es denn gehen?«, wollte ich von ihm wissen.

»Nur eine kurze Reise in die nähere Umgebung, lieber Freund.«

Butler ließ uns in eine schon bereitstehende Kutsche steigen, die er selbst fuhr. Wir verließen Fordwich in Richtung Nordosten und passierten dabei eine Vielzahl von Hopfenfeldern. Mein Gefährte hatte sich zurückgelehnt und die Augen geschlossen. Immer wieder sog er die Luft tief ein. Plötzlich war der Geruch des Meeres allgegenwärtig.

»Und, Watson? Wissen Sie schon, wohin wir fahren?«, fragte er mich plötzlich.

»Compton Lodge?«, mutmaßte ich.

Er verzog keine Miene, ein deutliches Zeichen, dass die Annahme richtig war.

»Nach meinen Informationen ist das Gut seit etwa zwanzig Jahren unbewohnt. Wir werden uns erst einmal einen Eindruck verschaffen und dann die Gebäude ablaufen. Alles Weitere wird sich vor Ort ergeben.«

Kurz darauf bogen wir in einen matschigen, von Bäumen gesäumten Weg ein. Ich lehnte mich aus dem Fenster und betrachtete den stattlichen Besitz, der vor uns auftauchte. Wir kamen auf einen breiten Kiesweg, der allerdings unter der fehlenden Pflege litt, denn an vielen Stellen wucherte Unkraut. Die Kutsche hielt auf dem Vorplatz, und wir stiegen aus. Es lag feiner Nebel in der Luft. Holmes klärte mich darüber auf, dass es sich um einen Herrensitz aus dem späten 18. Jahrhundert handelte.

»Wie, um alles in der Welt, können Sie sich nicht mehr an Ihren Besuch hier erinnern?«, fragte er mich.

»Wenn ich es wüsste, wären wir wohl kaum hier.«

Er sah sich um. Den Eingang des Haupthauses hatte man mit einer Vorhängekette verriegelt, und wie sich herausstellte, waren alle Fenster im Erdgeschoss mit Klappläden verschlossen.

»Das war zu erwarten«, murmelte mein Gefährte vor sich hin. Er trat an eines der Fenster auf der Rückseite des Haupthauses, inspizierte die schmale Balustrade und winkte Butler zu sich heran.

»Hier sind wir richtig, die Küche. Geben Sie mir das Stemmeisen aus der Werkzeugtasche.«

Butler trat zu Holmes und reichte es ihm. Dieser besah es kurz und nickte zufrieden.

»Sie wissen sicherlich, dass Läden in der Küche durch den häufigen Gebrauch und die zusätzliche Feuchtigkeit von innen für gewöhnlich weniger widerstandsfähig sind als die übrigen.«

Dabei setzte er das Eisen im unteren Drittel des Holzes an und nach zwei, drei energischen Zügen brach eine schmale hohe Planke ab. In rascher Folge öffnete er Laden und Fenster. Mit der eingeschalteten Blendlaterne stieg Holmes in die Küche von Compton Lodge ein. Ich folgte. Butler wurde angewiesen, draußen auf uns zu warten. Der Küchenraum sah verlassen aus. Keinerlei Anzeichen deuteten auf einen eiligen oder unerwarteten Aufbruch hin. Auch die Zimmer der Bediensteten schienen mit Sorgfalt geräumt worden zu sein. Allerdings waren vereinzelte Einrichtungsgegenstände noch vorhanden. Die Halle war herrschaftlich, einem Landsitz des 18. Jahrhunderts angemessen.

Im Empfangszimmer blieb Holmes mit einem Mal mitten im Raum stehen, kniete sich hin und suchte den Boden ab. Derselbe Vorgang wiederholte sich in Salon und Bibliothek. Den ersten Stock untersuchte er weniger genau, er wanderte von Raum zu Raum, strich gedankenverloren mit der rechten Hand über ein Sofa in einem Ankleidezimmer und warf einen näheren Blick auf den Kamin in einem der Wohnzimmer.

»Das dürfte Sir Edwards privates Raucherzimmer gewesen sein.«

Holmes ging zur rechten Seitenwand und betrachtete einen goldgefassten Spiegel, den man zurückgelassen hatte und der antik zu sein schien. Ich war erstaunt, dass sich mein Gefährte ausgiebig darin besah, denn Eitelkeit in Bezug auf sein Aussehen gehörte nun wirklich nicht zu seinen Schwächen.

»Kommen Sie bitte einmal her und werfen Sie einen Blick auf sich.«

Erst wollte ich ablehnen, doch Holmes insistierte.

»Er stellt sehr gut dar, das Abbild ist kaum verzogen. Für sein Alter ein exquisites Stück«, bemerkte ich.

»Natürlich, was hatten Sie denn erwartet? Sonst noch etwas?«

Ich warf einen erneuten Blick auf mein Spiegelbild, aber außer der Tatsache, dass ich an den Schläfen immer weiter ergraute, konnte ich nichts von Belang feststellen.

»Für den Moment habe ich genug gesehen, Butler erwartet uns sicher schon«, stellte er fest. Wir stiegen die Treppe nach unten, erreichten die Küche und waren im nächsten Augenblick wieder zurück auf dem Grundstück. Unser Begleiter schloss Fenster und Laden. Das abgebrochene Stück Holz schob er geschickt in seine ursprüngliche Position zurück. Der Schaden war nur bei genauem Hinsehen zu entdecken. Wir gingen gemeinsam zur Vorderseite des Hauses und setzten uns dort auf eine flache Steinmauer, die den Kiesweg begrenzte.

»Watson, ich sollte Sie endlich darüber aufklären, um wen es sich bei Jason Butler überhaupt handelt.«

»Wenigstens denken Sie jetzt daran.«

Natürlich überhörte er meine Bemerkung geflissentlich.

»Er ist der Sohn von Admiral Reginald Butler, einem ehemaligen Offizier der Britischen Armee, der zu den wenigen Freunden von Sir Edward zählte. Seltsamerweise verschwand der Admiral dann einige Wochen nach dem Ableben Ihres Großvaters. Sein Sohn ist überzeugt, dass es einen Zusammenhang zwischen dem Verschwinden seines Vaters und dem Tod, beziehungsweise der Testamentseröffnung von Sir Edward gibt.«

»Ihr Vater übernahm wohl die Aufgabe, das Erbe seines Freundes zu verwalten?«, wollte ich von Butler wissen.

»Ja, so könnte man sagen«, pflichtete er mir bei.

»Was genau wissen Sie denn über die Zusammenhänge in Bezug auf die Erbschaft?«, fragte ich weiter.

»Nur, dass Sir Edward mit seinem Besitz wohl ganz andere Absichten hatte, als er seinen Enkeln gegenüber vorgab. Mein Vater ist da wohl in eine Geschichte hineingerutscht, deren Ausmaß er zweifelsohne unterschätzt hat.«

Butler hielt inne und schien nach Worten zu ringen. Es fiel ihm offensichtlich schwer, über das unerklärliche Verschwinden des Admirals zu sprechen.

»Sie werden das Watson zu einem späteren Zeitpunkt darlegen. Lassen Sie uns erst einmal einen Blick auf das Nebengebäude werfen«, unterbrach ihn Holmes.

Wir überquerten den Vorplatz des Haupthauses und erreichten die Stallungen, die rechts davon lagen. Die beiden rundbogigen, hölzernen Flügeltüren waren mit einer schweren Kette verschlossen. Etwa fünf bis sechs Yards weiter rechts davon befand sich eine kleine Seitentür, die Holmes ohne zu zögern ansteuerte. Er fasste den Knauf, hob die Tür an und drückte sie mit einem gezielten Stoß auf. Eine Staubwolke kam uns entgegen. Wir wichen ein paar Schritte zurück und warteten. Schließlich nahm Holmes sein Taschentuch vor den Mund und ging voran. Das Licht der Blendlaterne schwang hin und her, es handelte sich ohne jeden Zweifel um den Raum mit den Arbeitsgeräten. Teile davon waren noch vorhanden. Holmes trat durch eine offene Tür und wandte sich nach links. Plötzlich blieb er stehen und begann mit den Füßen auf den Boden zu stampfen. Fast hätte ich losgelacht, aber er war bereits fündig geworden und legte eine Falltür frei.

»Watson, Sie dürfen jetzt Ihr heimliches Gelächter wieder einstellen«, sagte er trocken, »wenn Sie den Geruch des Bodenstaubs richtig einzuschätzen gewusst hätten, wäre Ihnen sofort klar gewesen, dass eine kühle Feuchtigkeit mitschwingt. Dieser Raum ist zu trocken, es muss folglich noch einen Keller geben.«

Mit diesen Worten stand er auf und versuchte erfolglos, die Tür nach oben zu wuchten. Wir holten Butler zu Hilfe, doch sie blieb verschlossen.

»Darum kümmern wir uns später.«

Er musste bereits Schlüsse aus Beobachtungen gezogen haben, die ich noch nicht einmal gemacht hatte. Nachzufragen hatte jetzt sowieso keinen Sinn. Wir verließen den Anbau und fanden uns auf dem Vorplatz wieder. Mein Gefährte stand da und rieb sich die Hände. Plötzlich rief er uns zu sich und bat Butler, in hohem Tempo um das Haupthaus herumzufahren. Ich war sprachlos. Was in Gottes Namen sollte das? Nach der vierten Umrundung ließ er die Kutsche auf der Rückseite des Gebäudes anhalten, stieg aus, ging zum Laden der Küche und horchte mit dem Ohr am Holz. Dann kam er zurück und ließ das Manöver ein zweites Mal durchführen.

»Was soll dieses unsinnige Verhalten?«, fragte ich ihn reichlich irritiert, nachdem auch die zweite »Tour de Maison« beendet war. Er sah mich lange an.

»Ich möchte Sie als Arzt fragen: Wenn sich Ihnen ein höchst ungewöhnliches Krankheitsbild böte, wären Sie dann bereit, einen außergewöhnlichen Weg zu gehen? Ich kenne Ihre Antwort, mein Lieber, natürlich würden Sie das!«

Ich war verwirrt. Warum sprach Holmes von einem Krankheitsbild? Er schlug vor, die Dinge erst einmal auf sich beruhen zu lassen. Ihm sei eben etwas aufgefallen, das diese Maßnahme erfordert hatte.

»Was auch immer, Holmes.«

Mein Gefährte gab unserem Mitstreiter ein Zeichen, die Kutsche zurück auf die Landstraße zu steuern. Nach ein paar hundert Metern ließ er in einer bewaldeten Kurve anhalten, beorderte Butler vom Kutschbock, stieg selbst hinauf und zog einen Feldstecher hervor. Sein Blick war auf Compton Lodge gerichtet. Nach ein paar Minuten sprang er, ohne Kommentar, nach unten und wies Butler an, weiterzufahren.

»Und, haben Sie gesehen, was Sie erwartet haben?«, wollte ich von ihm wissen.

»Ich habe etwas gesehen, das ich nicht erwartet habe«, sagte er kopfschüttelnd.

Wir fuhren zurück zum Pigeons Inn, wo sich Butler von uns verabschiedete. Wir nahmen indes eine kleine Mittagsmahlzeit ein. Es folgten zwei geruhsame Stunden auf dem Balkon des Zimmers, die wir eingewickelt in dicke Decken verbrachten. Ich begann die bisherigen Ereignisse in eines meiner Notizbücher einzutragen.

»Frönen Sie schon wieder Ihren Märchenerzählungen?«

Ich ging nicht darauf ein, diesen Vorwurf hatte er mir schon viele Male gemacht. Nachdem ich meine Aufzeichnungen beendet hatte und überaus zufrieden die Landschaft genoss, fing er erneut an.

»Darf ich fragen, was Ihnen bei unserem kleinen Ausflug heute Morgen aufgefallen ist?«

Ich nahm mein Heft zur Hand, aber er unterbrach mich.

»Watson, verschonen Sie mich mit diesem Gefühlskompott. Fakten bitte, und in Ihren Worten.«

Ich sah ihn verständnislos an.

»Also, das Gut ist seit Jahren unbewohnt, das lässt

sich alleine schon aus dem verwilderten Zufahrtsweg schließen.«

»So, so. Und weiter?«

»Die Zimmer wurden beim Verlassen ordnungsgemäß hergerichtet. Und man hat die Gemälde im Haus abgehängt, ich vermute, sie sind versteigert worden. Vielleicht ließen sich die Besitzverhältnisse nicht genau klären, oder der jetzige Eigentümer hat nicht die finanziellen Mittel, um den Landsitz zu unterhalten. In jedem Fall scheint die Erbstreitgeschichte zu keinem guten Ende geführt zu haben, denn es steht ja alles leer.«

»Was würden Sie über dieses Zimmer im ersten Stock sagen? Sie erinnern sich doch an den Spiegel in Sir Edwards ehemaligem Raucherzimmer?«

»Auch hier wurde zusammengeräumt und …«

»Lieber Freund, der Spiegel an der Wand. Hat man etwa vergessen, ihn zu entfernen?«

Ich spielte verschiedene Szenarien durch und zuckte schließlich mit den Schultern.

»Und noch auf einen weiteren bemerkenswerten Umstand möchte ich Ihre Aufmerksamkeit lenken. Warum hängt ein letztes Gemälde in einer Nische am unteren Treppenaufgang? Es ist Ihnen doch aufgefallen? Es handelt sich um eine recht interessante Ansicht auf das Anwesen.«

»Es ist mir aufgefallen, Holmes, aber irgendwie auch nicht.« Ich überlegte, was darauf zu sehen gewesen war und warum ich es nicht erwähnt hatte. »Es sah aus, als

VI. Bischof Montgomery

»Watson, wachen Sie auf!«

Ich schreckte hoch und spürte die eisige Kälte des Spätnachmittags auf meiner Haut. Holmes saß im Zimmer und zog genüsslich an seiner Pfeife.

»Ich würde es sehr zu schätzen wissen, wenn Sie mich das nächste Mal ein wenig behutsamer weckten.«

Er blickte kurz auf, nickte und verlor sich wieder im Dunst seiner Rauchware. Ich erhob mich mühsam und trat nach innen.

»Wie lange sitzen Sie schon da und rauchen?«, wollte ich wissen.

»Seit zwei Stunden oder besser gesagt, drei Pfeifen. Darauf wollen Sie doch hinaus.«

Ich wusch mein Gesicht und rieb mir mit einem Handtuch die Müdigkeit aus den Augen.

»Ich bin soweit. Wohin soll es denn gehen?«

Holmes sprang auf, öffnete die Tür, nahm dabei den Mantel vom Haken und war schon auf dem Flur.

»Wir müssen nach Canterbury, in die St. Martin's Church. Dort findet sich einer der Schlüssel zu unserem

Rätsel«, rief er von der Treppe zurück. Ich versuchte mit ihm Schritt zu halten.

»Wenn Sie mir jetzt noch verraten würden, um was für ein Rätsel es sich überhaupt handelt und was es mit der St. Martin's Church zu tun hat, wäre ich Ihnen sehr verbunden.«

»Das werden Sie noch früh genug erfahren.«

Wir kamen auf die Straße, wo uns erneut Jason Butler erwartete. Holmes sprach kurz mit unserem Helfer, deutete dabei auf mich und stieg in die Kutsche. Ich folgte unmittelbar dahinter. Was nur hatte das alles mit der St. Martin's Church zu tun? Dabei handelte es sich, wenn ich mich recht an meine Schulzeit entsann, um die älteste durchgehend genutzte Gemeindekirche in ganz England. Und wieso schienen alle unbeantworteten Fragen in Zusammenhang mit dem Landsitz meines verstorbenen Großvaters zu stehen?

»Holmes, klären Sie mich endlich auf, immerhin scheint es ja auch um meine Person zu gehen. Ich denke, ich habe ein Recht zu erfahren, was hier geschieht. Wie soll ich Ihnen eine Hilfe sein, wenn Sie mich völlig im Dunkeln lassen?«

Er sah mich an, legte den Daumen unter seine Kinnspitze und versank für einen Moment in tiefes Schweigen. Dann drehte er sich zu mir um.

»Ich werde versuchen, Ihnen ein paar wesentliche Verbindungen aufzuzeigen. Nicht alle, das würde Sie nur verwirren, aber die notwendigen, um sich ein Bild zu machen. Ich denke, dass zu viel Wissen in diesem Fall tatsächlich den Blick auf das Wesentliche behindert.«

Es begann zu regnen, innerhalb weniger Sekunden wurde aus dem leichten Nieseln ein Wolkenbruch. Butler stoppte die Kutsche und flüchtete zu uns in die Kabine. Mein Gefährte, der zu sprechen angesetzt hatte, verstummte mit einem Mal.

»Wohin in Canterbury soll es denn genau gehen, Mr. Holmes?«

»Erst einmal zur St. Martin's Church. Anschließend haben Watson und ich noch einen Termin bei Bischof Montgomery, der ja der direkte Untergebene des Erzbischofs ist, dem mächtigsten Mann unser allgegenwärtigen Anglikanischen Kirche.«

»Beim Bischof, Mr. Holmes? Hat denn die Kirche etwas mit Compton Lodge zu tun?«, wollte der irritiert wirkende Butler wissen.

»Nein. Ich habe vor Jahren einmal eine Untersuchung für den verstorbenen Erzbischof durchgeführt und möchte seinen damaligen direkten Untergebenen diesbezüglich etwas fragen. Eine rein private Angelegenheit, Compton Lodge spielt dabei keine Rolle.«

Etwas sagte mir, dass er Butler nicht die ganze Wahrheit verriet. Irgendeinen Zusammenhang schien es zwischen dem Landsitz meines Großvaters und der St. Martin's Church zu geben. Mir kam Holmes' Frage wieder in den Sinn, warum man das Bild und den Spiegel in Compton Lodge hatte hängen lassen, wo doch sonst alles sorgfältig entfernt worden war. Ich versuchte mir die lange Jahre zurückliegenden Szenen meines Besuchs auf dem Landsitz ins Gedächtnis zu rufen, die ich vor wenigen Wochen noch als pures Hirngespinst zurückgewiesen hätte. Plötzlich schreckte ich hoch, denn wir fuhren wieder. Ein Blick nach draußen zeigte mir, dass das Unwetter aufgehört hatte und die Straße in neblige Helligkeit getaucht war. Die Sonne drang an einigen Stellen durch die Wolken. Uns bot sich ein eindrucksvolles Lichterspiel.

»Jetzt fehlt nur noch eine himmlische Erscheinung«, sagte Holmes schmunzelnd, »aber zurück zu Ihrer Bitte um Aufklärung der Geschehnisse, Watson. Ich werde diese Geschichte nicht zweimal erzählen, denn je öfter ich darüber spreche, desto weniger klar sehe ich selbst.«

Er lehnte sich ein Stück nach vorne, stützte die Ellenbogen auf seine Knie und knetete leicht die Hände.

»Wie ich Ihnen bereits gesagt habe, wurde ich vor gut zwanzig Jahren von der Anglikanischen Kirche mit der Lösung eines Rätsels betraut.«

Holmes sprach nicht weiter, sein Blick wanderte in der Kutsche umher.

»Ich glaubte, die Docklands-Morde im Londoner Hafenviertel aufgeklärt zu haben, als ich ein Telegramm aus Canterbury erhielt. Darin informierte mich Bischof Montgomery über einen absonderlichen Mord, nämlich die Enthauptung eines Priesters. Es gäbe auch schon einen Verdächtigen, dies sei aber nicht der Grund, warum er sich an mich wende. Überlegen Sie, Watson, die Tatsache, dass man einen Mann der Kirche enthauptete, und das auch noch in Canterbury …«, er lächelte hintersinnig, »war entweder ein äußerst schlechter Scherz oder es steckte eben etwas Anderes dahinter. Sie wissen natürlich, worauf ich hinaus will, werter Freund? Ich sagte also zu und reiste hierher. Schon bei meiner Ankunft und dem ersten Gespräch mit dem Bischof hatte ich das Gefühl, dass etwas nicht stimmte. Der im Telegramm noch offene und einladende Ton änderte sich gleich bei unserem ersten Treffen. Und noch am selben Tag wurde mir nahegelegt, von einer Untersuchung nun doch abzusehen. Erst wollte ich ohne Zustimmung weiter ermitteln, aber eine unvorhersehbare Wendung bei den Docklands-Morden machte meine Rückkehr nach London unumgänglich. Da sich der Fall ungewöhnlich lange hinzog und meine volle Aufmerksamkeit erforderte, war nach dessen erfolgreichem Abschluss zu viel Zeit vergangen; die Spur in Canterbury war erkaltet. Es hätte erheblicher Mühen bedurft, sie wieder aufzunehmen und die Wahrscheinlichkeit, dass dies gelingen würde, war nicht gerade hoch. Zudem hatte ich keinen Auftrag mehr. Doch jetzt, da wir ohnehin hier sind und Ihre Vergangenheit unter die Lupe nehmen, mein lieber Watson, schließe ich diesen außergewöhnlichen Mord mit ein. Meist gibt es zwischen zwei solch bemerkenswerten Ereignissen, die praktisch an einem Ort geschehen sind, einen Zusammenhang.«

Wir erreichten Canterbury und steuerten nun auf die altehrwürdige St. Martin's Church zu. Die Straßen waren menschenleer, und der kalte Wind blies uns in die Gesichter. Butler hielt in der North Holmes Road. Mit hochgeschlagenen Krägen überquerten wir die Straße und betraten die im Dunkeln des Abendlichts liegende Kirche.

»Hier lang«, sagte Holmes und deutete mit schneller Handbewegung auf eine Nische im linken Seitenschiff. »Ich bin gespannt«, ließ er noch beiläufig fallen.

Die mitgebrachte Gaslampe hatte er auf eine der Betbänke gestellt. Meine Aufmerksamkeit fiel auf einen Ziegelsteinbogen, der in die Wand eingemauert war. Zu meiner Überraschung hing dort, neben einem imposanten Gemälde, das Jesus am Kreuz zeigte, ein kleines, unscheinbar wirkendes Landschaftsgemälde. Bei genauerer Betrachtung entpuppte sich ein Teil des Bildinhaltes als außergewöhnlich: Zu sehen war ein Blick aus der Vogelperspektive über Felder, vornehmlich Hopfen und Obst, im Hintergrund das Meer. Es handelte sich offenkundig um einen Landschaftsteil der Grafschaft Kent. Rechts im Vordergrund war eine Szene dargestellt, die mein Interesse erregte. Eine Kutsche stand hinter einer Kurve auf der Landstraße, auf dem Bock saß ein Mann. Ein Stück weiter ging ein schmaler Weg ab, der im Nirgendwo endete. Es mussten sich mehrere Personen im Innenraum der Kutsche befinden, denn die Räder waren recht tief in den morastigen Boden eingesunken. Auf der schwarzen Wagentür stand unter dem Wappen von Canterbury etwas mit weißer Farbe geschrieben. Nur würde ich eine Lupe brauchen, um es zu entziffern.

54

»Ich kann Ihnen sagen, was auf dem Wagen steht.«

Bei diesen Worten schreckte ich auf, Holmes stand unmittelbar hinter mir.

»Zum Donnerwetter! Können Sie sich nicht wie jeder andere Mensch verhalten?«, fuhr ich ihn an.

»Und? Was sagt Ihnen das Gemälde?«

»Nun, ich finde es eigenartig, es wirkt nicht fertig, geradezu unharmonisch.«

»Ausgezeichnet, Watson. Unharmonisch, ja, so könnte man die Darstellung durchaus charakterisieren. Und wenn Sie es konkreter ausdrücken müssten, nicht mit einer Ihrer schwammigen Umschreibungen?«

»Ich weiß wirklich nicht, was an dieser Formulierung unpräzise sein soll.«

»Versuchen Sie einfach Ihr Gefühl so direkt und präzise wie möglich auszudrücken.«

Er wollte wohl auf etwas hinaus, das mir völlig zu entgehen schien.

»Die Darstellung auf dem Gemälde ist nicht ausgewogen.« Und nach einem kurzen Moment fügte ich hinzu: »Die Verbindung zwischen Vorder- und Hintergrund ist nicht stimmig.«

»Exakt, mein Lieber. Wenn Sie mir jetzt freundlicherweise noch den Grund dafür nennen würden.«

Ich betrachtete das Bild in allen Einzelheiten. Warum nur stimmte das Verhältnis zwischen Vorder- und Hintergrund nicht? Und wie sollte dies in Verbindung mit Compton Lodge stehen? Als ich nach einer Weile noch immer mit keiner Antwort aufwarten konnte, lenkte Holmes meine Aufmerksamkeit auf die Kutsche.

»Und was, würden Sie vermuten, steht auf der Tür?«

Holmes wartete einen Moment, dann reichte er mir kommentarlos seine Lupe. Dort stand, kaum erkennbar, in weißen Lettern: ›Freiheit und Frieden der Kirche‹. Ich war überrascht. Warum stand eine Kutsche der Anglikanischen Kirche inmitten der Felder? Und was noch unerhörter schien, war die Tatsache, dass dieses Bild hier in einer Nische der St. Martin's Church hing. Holmes begann ungeduldig im Kirchenschiff auf- und abzugehen.

»Und? Haben Sie das Rätsel gelöst?«

»Mir reicht es. Vielleicht sagen Sie mir einfach, was Sie wissen.«

»Später, Watson. Nur so viel, es steckt vieles im Detail, aber eben nicht alles. Übrigens haben wir in einer Viertelstunde unseren Termin bei Bischof Montgomery.«

»Eigentlich dachte ich, wir wären vor allem hier, um meine angeschlagene Gesundheit zu pflegen und das Geheimnis meiner Vergangenheit aufzudecken«, hielt ich ihm entgegen.

»Natürlich, mein Lieber. Aber vergessen Sie bitte nicht, dass Ihre Geschichte in einem größeren Zusammenhang stehen dürfte, zumindest gehe ich davon aus. Deshalb müssen wir unsere Suche erweitern und die eingefahrenen Strukturen erschüttern, sonst wird sich nichts bewegen.«

»Ich habe den Eindruck, dass Sie ein wenig übertreiben, Holmes.«

»Ist das so?«

Die Kürze seiner Bemerkung irritierte mich.

»Also, ich kann beim besten Willen nicht sehen, in welchen Zusammenhang Sie die damaligen Ereignisse um Compton Lodge rücken wollen.«

Mein Gefährte sah mich mit durchdringendem Blick an.

»Es geht darum aufzudecken, was sich hinter der Fassade zugetragen hat, Watson.«

Wir verließen die Kirche und fuhren zu dem nahegelegenen Bischofssitz. Das Empfangszimmer war von bemerkenswerter Größe und Eleganz, welche die Macht und den Einfluss der Institution auf eindringliche Art und Weise demonstrierten. Ein Mitarbeiter des Bischofs geleitete uns zu einer Sitzgruppe. Wir mögen uns noch ein paar Minuten gedulden, waren seine Worte. Holmes ließ keinen Zweifel daran aufkommen, dass er die Verspätung unseres Gastgebers nicht schätzte.

»Darf ich Ihnen etwas zu trinken anbieten?«, wollte der schmale, dünnlippige Mann wissen. Holmes verneinte für uns beide, obwohl ich gerne ein Glas Wasser gehabt hätte. Seine Ablehnung war so unmissverständlich, dass ich dahinter eine Absicht vermutete. Der Mann ließ uns alleine und verschwand in den hinteren Gemächern. Mein Gefährte wirkte fahrig, sprach mehrfach leise vor sich hin und schien schon nach kurzer Zeit ungeduldig zu werden. Es waren noch keine zehn Minuten vergangen, als die Tür leise aufging und der Bischof uns zu sich hinein an seinen Schreibtisch winkte. Holmes wirkte jetzt vollkommen ruhig und gefasst, aber etwas an seinem Verhalten war ungewöhnlich.

»Meine Herren, einen schönen guten Tag. Mr. Holmes, wir hatten ja bereits vor …«, Bischof Montgomery dachte kurz nach, blickte dann nach rechts zum Fenster und nickte, »ziemlich genau einundzwanzig Jahren einmal die Ehre.«

Der Detektiv lächelte zustimmend und bemerkte: »Darf ich Ihnen meinen Partner und Freund Dr. Watson vorstellen?«

Der Bischof warf mir nur einen schnellen Blick zu.

»Sie haben in Ihrer Anfrage nicht verlauten lassen, weshalb Sie mir einen Besuch abzustatten wünschen. Da Sie sich damals wegen Ihres Bemühens um unsere Kirche verdient gemacht haben, wollte ich Ihrer Bitte natürlich nachkommen. Um was genau handelt es sich denn?«

Holmes wartete einen Moment. Was ging in ihm vor?

»Hochwürden, wie Sie sich erinnern werden, wurde ich von Ihnen noch vor meiner eigentlichen Untersuchung im Fall des toten Pfarrers wieder davon abgezogen. Es habe sich soweit alles geklärt und der Erzbischof sei nicht mehr an meiner Mithilfe interessiert, hieß es. Mir hat damals ein Blick genügt, um zu wissen, dass etwas vertuscht wurde.«

»Mr. Holmes ... das ist eine ungeheuerliche Behauptung.«

Mein Gefährte schien diese Reaktion erwartet zu haben und lehnte sich zurück.

»Ich habe damals nur deshalb von privaten Nachforschungen abgesehen, weil ich wegen eines dringenden Falls nach London zurückmusste. Eine Frage steht für mich jedoch noch immer ungeklärt im Raum, und ich würde es sehr begrüßen, wenn ich darauf von Ihnen heute Nachmittag eine Antwort bekäme. Ich denke, dass Sie mir das schuldig sind.«

Holmes schien darauf zu warten, dass Montgomery auf seine Bemerkung einging, aber nichts dergleichen geschah. Dann ging er zum Angriff über:

»Der Erzbischof hatte mich nicht gerufen, weil bei der Suche nach dem Mörder des enthaupteten Pfarrers Hilfe benötigt wurde. Ich würde sogar vermuten, dass man in Ihren erlauchten Kreisen bereits die notwendigen Schritte eingeleitet hatte. Und Selbstjustiz ist ja seit jeher ein probates Mittel dieser Institution in Krisenzeiten. Etwas an der Tat hat den Kirchenoberen so irritiert, dass es ihn alarmiert hat. Jemanden zu töten, liegt in der menschlichen Natur begründet und ereignet sich immer und immer wieder. Ihm aber die Schädeldecke abzuschlagen, entbehrt nicht einer gewissen ... Symbolkraft. Was also hat die Kirche in diesem Akt gesehen, dass man sich dafür entschied, mich, einen beratenden Detek ...«

Der Bischof unterbrach ihn brüsk.

»Hören Sie, Mister Holmes. Wie Sie unschwer erahnen können, habe ich eine Menge Verpflichtungen. Ich würde es sehr schätzen, wenn Sie mich nicht mit diesen belanglosen Kleinigkeiten belästigen würden, die in jeder Beziehung insignifikant geworden sind.«

»Die Vorzeichen haben sich geändert, Hochwürden.«

»Das wage ich zu bezweifeln, Mr. Holmes«, sagte dieser in abfälligem Ton.

Er sah meinen Gefährten großmütig lächelnd an, ganz so, als würde der Hirte sein vom Wege abgekommenes Schaf zurück in die Herde geleiten.

»Ich bitte Sie. In diesem Hause bestimmen der Herr«, dabei wandte er den Blick gen Himmel, »und meine Wenigkeit die Regeln. Wenn Sie dann bitte …«

Ich wollte noch etwas sagen, den Versuch unternehmen, die Situation zu retten, aber Montgomery war bereits auf dem Weg zur Tür. Holmes schenkte ihm keine Beachtung und fingerte nach seinem Zigarettenetui.

»Sie können hier nicht unaufgefordert rauchen«, schritt ich ein.

»Kann ich nicht?«, antwortete er trocken, »na, dann eben nicht.«

Dabei hatte er behände eine Zigarette zum Mund geführt, ein Streichholz entflammt und angezündet. Dann schnippte er es auf den vor uns stehenden Edelholztisch. Die Tür fiel hinter dem Bischof ins Schloss, und wir blieben alleine im Raum zurück.

»Was um alles in der Welt sollte das?«, wollte ich von Holmes wissen.

wäre ein solch ungewöhnliches Bild in die St. Martin's Church gelangt? Die Tatsache, dass es eine weltliche Szene zeigt, ist ohnehin untypisch. Und dann noch zu allem Überfluss ein technisch schlecht ausgeführtes Gemälde aufzuhängen, ist selbst unserer Anglikanischen Kirche nicht zuzutrauen.« Er grinste diebisch. »Haben Sie sich eigentlich den Mann auf dem Kutschbock genauer angesehen? Nein? Das hätten Sie unbedingt tun sollen. Wir werden das schon sehr bald nachholen. Und zwar in ungezwungener Atmosphäre.«

»In ungezwungener Atmosphäre? Worauf wollen Sie hinaus?«

Ich ahnte bereits, was er im Sinn hatte, und er wusste, dass ich es wusste. Er hatte den Blick zum Fenster gewandt.

»Watson, ich hätte Sie überhaupt nicht fragen dürfen.«

»Das haben Sie ja auch noch nicht«, stellte ich fest, »aber dieses Mal habe ich Sie durchschaut, Holmes!«

Er sah mich prüfend an, verharrte einen Augenblick in dieser Pose und lachte auf.

»Also gut. Sei es, wie es sei. Sie sind also bereit, mit mir das Gemälde aus der Kirche zu bergen?«

»Wie können Sie nur eine solche Frage stellen«, antwortete ich überzeugt.

»Mein guter, alter Watson. Wir haben eine lange Nacht vor uns. Sie haben Ihren Revolver?«

Ich nickte.

»Wir werden ihn jedoch kaum benötigen, zumindest gehe ich davon aus.«

Wir gingen aufs Zimmer und legten uns hin. Gegen elf Uhr wachte ich auf. Mein Freund musste noch einmal unterwegs gewesen sein, denn es stand ein Koffer mit Einbruchswerkzeug auf dem Tisch.

»Wann hatten Sie vor aufzubrechen?«, wollte ich wissen.

Er prüfte seine Taschenuhr.

»In zwei Stunden, gegen eins.«

Ich bat ihn, mich eine Viertelstunde vor Abfahrt zu wecken. Holmes war in ein Buch vertieft und sah nur kurz auf.

»Schlafen Sie. Ich werde über Sie wachen.«

Dabei verzog er sein Gesicht zu einem Schmunzeln und widmete sich dann wieder seiner Lektüre. Ich drehte mich zur Wand und schlief wenig später ein.

Als wir das Inn zur vorgesehenen Zeit verließen, war die Temperatur so stark gefallen, dass ich trotz meines Wintermantels erbärmlich fror. Die Kälte drang durch jede Naht. Holmes hatte einen Einspänner besorgt, auf dessen Bock wir gemeinsam Platz nahmen. Ich wickelte mir meinen Schal ums Gesicht, so dass praktisch nur noch meine Augen zu sehen waren. Die Nacht war sternenklar, und der Mond warf ein ausreichend starkes Licht, dass man die Straße erkennen konnte. Wir redeten die Fahrt über kein Wort, dann tauchte endlich Canterbury vor uns auf. Holmes steuerte die St. Martin's Church auf direktem Wege an und stellte das Gefährt in einer Seitenstraße ab. Wir überquerten den Vorplatz des Gotteshauses und erreichten eine der kleinen hölzernen Nebentüren des Gebäudes. Er ließ mich die Blendlaterne entzünden, um das Schloss in Augenschein zu nehmen. Nach mehreren vergeblichen Versuchen sie zu öffnen und einem kurzen ärgerlichen Fluch sprang die Tür schließlich auf. Mein Gefährte gebot mir, die Laterne so weit wie möglich herunterzudrehen. Wir betraten das Mittelschiff und verharrten dort einen Moment. Das Mondlicht fiel durch die Scheiben und sorgte auf diese Weise für ausreichend Helligkeit. Holmes sah sich um und ging dann leisen Fußes auf das Gemälde zu. Als wir die Nische erreicht hatten, ließ er sich die Blendlaterne geben und trat nah an das Bild heran. Gemeinsam hoben wir es aus der Halterung und wickelten es in eine Decke, die er in seiner Werkzeugtasche hatte.

»Rückzug, Watson«, flüsterte er mir zu.

Wir durchquerten die Kirche, öffneten vorsichtig die kleine Holztür und verließen das Gotteshaus auf dem gleichen Weg, wie wir gekommen waren. Draußen bewegten wir uns an den Hauswänden entlang, bis zu unserer Kutsche. Die Eiseskälte war unerträglich. Nachdem wir Canterbury hinter uns gelassen hatten, hielt Holmes das Gefährt an. Ich war verwundert, verwies auf die Minusgrade, doch er winkte ab.

»Nebensache, mein Lieber. Wie können Sie jetzt an die Temperatur denken?«

»Es ist unmenschlich kalt. Ich weiß noch immer nicht, warum wir mitten in der Landschaft stehen.«

»Das wissen Sie wirklich nicht?«

»Nein. Ich darf allerdings anmerken, dass dies alles erheblich besser zu verkraften wäre, wenn ich einen Sinn darin erkennen könnte, hier auszuharren.«

Er deutete unmissverständlich mit seinem Zeigefinger auf das Gemälde.

»Die Kutsche auf dem Bild?«, fragte ich ohne lange zu überlegen. Und nach kurzen Pause: »Aber das ist doch blanker Unsinn, deshalb hier anzuhalten.«

»Nicht so voreilig. So können Sie den Aberwitz der Darstellung am eigenen Leib nachvollziehen. Ist Ihnen etwa verborgen geblieben, dass man die Kutsche nicht wie den Rest des zentralen Bildbereichs mit einem Stück Leinwand verdeckt und übermalt hat?«

»Übermalt! Ausgezeichnet, Holmes. Dennoch, wenn wir noch lange hier stehen, kann ich uns ohne Untersuchung eine Lungenentzündung diagnostizieren.«

»Was für eine überaus geistreiche Bemerkung.«

Endlich ging unsere Fahrt weiter. Als wir den Gasthof erreichten, gelang es mir nur mit Mühe abzusteigen, so steif waren meine Glieder. Holmes reichte mir das Bild nach unten und brachte den Einspänner in einen nahegelegenen Stall. Mir gelang es, das Diebesgut unbemerkt auf unser Zimmer zu bringen. Dort wickelte ich die Decke ab und legte es auf mein Bett. Holmes stürmte zur Tür herein und warf seinen Mantel achtlos zur Seite.

»Einen Augenblick!«

Er lief zum Kleiderschrank, aus dem er einen länglichen, nicht sonderlich großen Lederkoffer herausholte und öffnete. Zu meiner Verblüffung fanden sich darin eine Menge kleinerer und größerer Skalpelle, Tinkturen sowie ein Bunsenbrenner. Holmes zog den Tisch zum Bett und richtete die Blendlaterne auf das Bild.

»Sehen Sie, Watson. Hier und hier und ... da!«

Als habe er schon unzählige Male solche Arbeiten ausgeführt, nahm er ein größeres Skalpell zur Hand und begann die Leinwand vorsichtig zu bearbeiten. Ich hatte mich neben ihn auf einen Stuhl gesetzt, nickte aber recht bald ein. Gegen halb vier wachte ich auf und betrachtete seine Arbeit. Mein Freund stand am Fenster und sah in die Nacht hinaus.

»Und? Was halten Sie davon?«

Er hatte ein Stück Leinwand entfernt, das einen Teil des Originals verdeckt hatte. Die Kutsche stand an einer Stelle auf der Straße, von der nun ein bislang verborgener Fußweg in das Hopfenfeld führte.

»Auf dem Bild findet sich jetzt ein Pfad in dieses Hopfenfeld. Ich muss Sie enttäuschen, mir fällt beim besten Willen nichts weiter dazu ein.«

Mein Gefährte sah mich durchdringend an und seufzte leise. Offenkundig schien ich einen fundamentalen Aspekt zu übersehen.

»Können Sie mir freundlicherweise sagen, was es mit diesem Weg auf sich hat? Nein?«

Mit zwei schnellen Schritten stand er neben mir und deutete auf den Kutscher.

»Und wer denken Sie, ist das?«

Ich hatte keine Ahnung.

»Es lässt sich zwar nicht mit absoluter Bestimmtheit

sagen, aber die Ähnlichkeit zu unserem Mr. Jeffries ist bei näherem Hinsehen nicht von der Hand zu weisen. Sie erinnern sich doch noch an den ehemaligen Privatsekretär Ihres Großvaters?«

Ich stand auf und beugte mich über das Bild; man konnte tatsächlich Andrew Jeffries auf dem Kutschbock vermuten.

»Holmes«, ich versuchte meine Gedanken zu ordnen, »was genau untersuchen wir hier eigentlich?«

»Ist Ihnen das noch immer nicht klar? Ihre Vergangenheit, den ermordeten Pfarrer und den Niedergang Ihres Bruders.«

Ich sah ihn entgeistert an, meine Stimme überschlug sich.

»Das ist Ihrer nicht würdig. Nur weil Sie keinen Anhaltspunkt finden können, ziehen Sie meinen Bruder Henry in diese Geschichte hinein.«

»Ich hatte nicht vor, Sie zu beleidigen. Die Zusammenhänge sind komplex und hoch kompliziert. Ihre Bemerkungen im Delirium waren übrigens sehr aufschlussreich.«

Ich wartete, aber mein Freund schien nicht bereit, noch weiter auf die Geschehnisse einzugehen. Er stand auf und durchlief ein paar Mal das Zimmer. Plötzlich stoppte er und beobachtete einen Fleck an der Wand. Er ging darauf zu, bis er ihn fast mit der Nase berührte.

»Holmes?«

Er antwortete nicht, sondern verharrte in dieser merkwürdigen Position.

»In Gottes Namen, was tun Sie da? Wenn ich nicht um Ihre Exzentrik wüsste, würde ich mir ernsthaft Gedanken machen.«

»Das tun Sie doch bereits. Was ist Ihr Problem, werter Freund? Ach so!«, ließ er in gleichmütigem Ton fallen und legte nun auch noch seine Handinnenflächen auf die Wand, »Ihre überaus fürsorgliche Art, die sich aus der Angst vor dem Unbekannten speist, ist bis zu einem gewissen Grade liebenswert, aber auch nervtötend. Sie glauben doch nicht wirklich, dass ich dabei bin, meinen Verstand zu verlieren? Oder?«

»Für einen Moment …«

»Sie haben zuweilen das Vorstellungsvermögen einer Blendlaterne, mein Lieber.«

Bevor ich protestieren konnte, fuhr er fort: »Ich bin mir sicher, dass der geheimnisvolle Besucher von Compton Lodge etwa so dicht wie ich jetzt hinter der Wand gestanden hat, als wir den Spiegel betrachtet haben. Sie erinnern sich?«

»Ein geheimnisvoller Besucher, Holmes?«

»Sagen Sie bitte nicht, dass Ihnen das verborgen geblieben ist!«

»Ich, also …, nein!«

»Sie hatten keine Ahnung. Und was sollte, Ihrer Meinung nach, das mehrfache Umrunden des Hauses für einen Sinn haben?«

Ich stand auf und ging zum Kamin, um mir eine Zigarette vom Sims zu nehmen.

»Möchten Sie auch eine?«, versuchte ich von mir abzulenken.

»Ja, Watson. Nur ändert das nichts an Ihrer miserabelen Beobachtungsgabe.«

»Jetzt kommen Sie doch endlich von der Wand weg und erzählen Sie.«

Mein Gefährte verharrte jedoch stoisch in derselben Position.

»Lassen Sie mich noch einmal auf unser Bild zurückkommen. Was genau sehen Sie hier am Ende dieses schmalen Pfades?«

»Ein Hopfenfeld, Holmes. Nicht mehr und nicht weniger. Wenn Sie die Güte hätten, sich nicht wie ein Verrückter zu verhalten, wäre mir bedeutend wohler.«

Ich konnte meine aufkommende Rage nur schlecht verbergen. Schließlich drehte er sich auf dem Absatz um, sah mich an und schien erst einmal nicht zu begreifen, warum ich mich so ereiferte.

»Mein lieber Watson, was verbirgt sich Ihrer Meinung nach unter dem Hopfen?«

Ich schwieg und wartete darauf, dass er mir die Antwort geben würde. Holmes bearbeitete die Bildoberfläche mit dem Skalpell.

»Der große Moment naht.«

Er hob mit einer vorsichtigen Bewegung das zweite Stück doppelte Leinwand ab. Was darunter zum Vorschein kam, versetzte mich in Erstaunen. Der Fußweg führte auf eine recht breite Allee, die auf einem Vorplatz endete.

»Aber, das ist ja …«

»Genau Watson, das ist Compton Lodge. Und jetzt kommen Sie bitte, wir haben noch etwas vor.«

Ich sah zu der kleinen Standuhr auf der Kommode gegenüber, die Viertel vor vier zeigte.

»Was sollen wir noch vorhaben?«

Holmes war bereits dabei, das Bild wieder in eine Decke zu hüllen.

»Und wo wollen Sie mit dem Bild hin?«, fragte ich weiter.

»Wir bringen es dahin zurück, wo wir es geholt haben.«

»Das kann nicht Ihr Ernst sein!«

»Mein lieber Watson, es ist von fundamentaler Wichtigkeit, dass unsere Gegenspieler wissen, was wir wissen. Ihre Reaktion wird nicht lange auf sich warten lassen.«

Er sprach in Rätseln.

»Brauchen Sie mich denn?«

»Und Ihren Revolver.«

Ich zog meinen Mantel über. Mir graute vor der Vorstellung, noch einmal in dieser Nacht nach Canterbury zu müssen. Allerdings schien die Mission gefährlich, weshalb ich meinen Gefährten natürlich begleiten würde. Wir verließen das Pigeons Inn. Er holte den Einspänner aus dem benachbarten Schuppen, und nur wenige Minuten später befanden wir uns wieder auf der Landstraße.

»Was erwartet uns, Holmes?«

»Lassen wir uns überraschen.«

Ich schwieg und versuchte mir auszumalen, was uns bevorstand. Lauerte man uns womöglich auf? Würden wir in der Kirche warten, bis jemand die Veränderung am Bild bemerkte? Ich hatte den Kragen des Mantels aufgestellt und den Schal tief ins Gesicht gezogen. Die Kälte raubte einem fast den Verstand. Bald darauf erreichten wir zum zweiten Mal in dieser Nacht die Kapitale des anglikanischen Glaubens. Bis auf die Tatsache, dass es jetzt noch kälter war, erschien mir die Duplizität unseres Vorgehens beinahe irritierend. Als wir endlich das Kirchenschiff durchschritten und Holmes zielstrebig auf die Stelle zusteuerte, an der das Bild ursprünglich hing und wieder seinen Platz finden würde, flüsterte er mir etwas zu:

»Zwei Fäden sind zu verfolgen: Der Besuch von Ihnen und Ihrer Familie auf Compton Lodge sowie der tote Pfarrer am Strand. Die Ereignisse stehen in keinem direkten Zusammenhang, aber sie verweisen beide auf unser eigentliches Problem. Etwas muss vor Ihrem verhängnisvollen Besuch auf Compton Lodge stattgefunden haben und liegt bislang noch im Verborgenen. Ich habe morgen früh ein weiteres Gespräch mit Bischof Montgomery. Dann dürften wir klarer sehen.«

Er sah mich mit seinen adlerhaften Zügen an. Ohne eine Miene zu verziehen, schüttelte er schließlich langsam den Kopf.

»Nein, Watson, nein. Mehr kann ich Ihnen im Augenblick wirklich nicht sagen.«

Mit einem Mal fasste Holmes meinen Arm und zog mich in den Schatten der angrenzenden Säule. Erst wollte ich protestieren, doch als eine Tür im vorderen Teil der Kirche knarrte und ein Lichtstrahl sichtbar wurde, war klar, dass er schon längst wahrgenommen hatte, was mir wieder einmal verborgen geblieben war. Zwei Männer kamen durch das Kirchenschiff auf uns zu. Holmes war vollkommen ruhig. Die beiden blieben vor dem Bild stehen und flüsterten miteinander. Sie deuteten auf einzelne Partien und verstummten schließlich. Der kleinere der beiden machte zwei Schritte darauf zu und nahm es von der Wand, dann verschwanden sie in Richtung Altarbereich. Ich war einigermaßen überrascht. Erneut knarrte die Tür und wir blieben alleine im Kirchenschiff zurück. Holmes hantierte neben mir an der Blendlaterne, bis diese ein schwaches Licht warf. Er forderte mich auf mitzukommen. Entgegen meiner Vermutung verließen wir das Schiff nicht auf demselben Weg, wie wir gekommen waren. Stattdessen ging er schnellen Schrittes auf den Altar zu, öffnete die vormals knarrende Tür völlig geräuschlos, indem er sie leicht anhob und trat in einen schmalen Flur. Sein Finger vor dem Mund signalisierte mir, so leise wie möglich zu sein. Am Ende des Ganges befand sich eine Eisentür.

»Verschlossen«, murmelte er und sah mich mit finsterem Blick an.

»Schnell, Watson!«

Er eilte zurück durch das Mittelschiff zur Seitentür hinaus, durch die wir in die Kirche gelangt waren. Wieder auf dem winterlichen Vorplatz deutete er mit dem Zeigefinger in verschiedene Richtungen, dann eilte er um den Westchor herum, nicht ohne mich zu ermahnen, im Schatten zu bleiben. Als wir die gegenüberliegende Seite der Kirche erreichten, sahen wir gerade noch eine Kutsche davonpreschen. Ich wollte unser Gefährt holen, doch Holmes hielt mich zurück.

»Haben Sie nicht gesehen, was ich gesehen habe?«, fragte er mit deutlich sarkastischem Unterton und fuhr fort: »Watson, entschuldigen Sie meine Art, aber das Wappen und die Aufschrift ...«, er hielt einen Augenblick inne und schien sich zu besinnen, »kommen Sie, sonst frieren wir noch fest. Ich bin Ihnen wirklich ein paar Erklärungen schuldig. Bei einem Brandy dürften die rechten Worte am ehesten zu finden sein.«

Die Szene im Schatten der ältesten Gemeindekirche Englands mutete beinahe gespenstisch an. Seine Formulierung, er werde die rechten Worte finden, beunruhigte mich. Wir kämpften uns durch die Kälte zur Kutsche und machten uns auf den Rückweg. Ich rief mir die bisherigen Ereignisse noch einmal ins Gedächtnis, versuchte zu verstehen, was geschehen war. Etwas Ungeheuerliches musste mit meinem Bruder und mir passiert sein, das stand außer Frage. Aber wer hatte solch immenses Interesse an dieser alten Geschichte, dass man das von Holmes freigelegte Bild sofort verschwinden ließ? Jemand schien über unsere Schritte genauestens informiert zu sein; wie sonst wären die beiden Männer so schnell in der St. Martin's Church aufgetaucht? Was wusste Holmes? Für den morgigen Tag war ein weiteres Treffen zwischen Bischof Montgomery und ihm vereinbart worden. Aus welchem Grund? Ich konnte einfach keinen roten Faden erkennen. Mein Freund hatte den Blick auf die Landstraße gerichtet und ein schwaches Lächeln schien auf seinen Lippen zu spielen.

»Watson? Haben Sie Ihre vermutlich viel zu komplizierten Gedanken ein wenig sortieren können? Ist Ihnen mittlerweile klar geworden, was die eigentliche Frage ist?«

»Welche Rolle mein Großvater gespielt hat?«

»Zu eng gedacht, weitläufiger.«

»Compton Lodge?«

»Bitte, Watson. Versuchen Sie wenigstens den Anschein zu erwecken, als würden Sie sich Gedanken machen.«

Er stoppte die Kutsche und sah zu mir herüber.

»Einer von Ihnen, Sie, Ihr Bruder oder Ihr Cousin, war als Opferlamm vorgesehen. Die entscheidende Frage lautet doch: Wessen Interessen wurden geschützt? Es grenzt ja im Übrigen an ein Wunder, dass es Ihnen nicht wie Ihrem Bruder ergangen ist.«

»Aber wieso?«, rief ich verzweifelt. »Das macht doch alles keinen Sinn.«

Wir setzten unsere Fahrt fort. Ich hatte das Gefühl, hintergangen und benutzt worden zu sein. Mir war übel. Mit einem Mal spürte ich die Hand meines Freundes auf der Schulter.

»Wir können zwar nicht mehr alles geradebiegen, Watson, aber einiges. Sie erinnern sich doch sicherlich an unseren Schürhaken in der Baker Street, den Dr. Roylott aus Stoke Moran in die Hände bekam? Den benutzen wir heute noch. Lassen Sie den Mut nicht sinken, mein Lieber.«

Wir erreichten die Herberge und begaben uns aufs Zimmer. Entgegen der ursprünglichen Absichtsbekundung meines Freundes legten wir uns schlafen und erwachten, als es plötzlich lautstark an unserer Tür klopfte.

VIII. Whitstable Hall

»Mr. Holmes, Dr. Watson! Bitte öffnen Sie die Tür!«

Wieder und wieder wurde schallend gegen die Tür geschlagen. Nachdem sicher schien, dass Holmes nicht öffnen würde, wankte ich benommen zum Eingang und schob den Riegel beiseite. An mir vorbei drängte Jason Butler ins Zimmer.

»Entschuldigen Sie, Doktor, entschuldigen Sie. Haben Sie es schon gehört? Eine Katastrophe!«

»Beruhigen Sie sich! Trinken Sie erst einmal einen Schluck. Das wird Ihnen, auf welchen Schock auch immer, gut tun.«

Ich füllte ein Glas zur Hälfte mit Brandy und reichte es ihm.

»Und jetzt erzählen Sie! Was ist denn so Ungeheuerliches geschehen?«

»Der Bischof. Ermordet, erschlagen, der Schädel zertrümmert.«

»Woher wissen Sie davon? Und weshalb nimmt Sie die Sache so mit?«, wollte ich von ihm wissen.

»Er ist«, Butler war den Tränen nahe, »der Bruder meiner Mutter, also mein Onkel.«

Mir fiel auf, dass sich jemand in meiner unmittelbaren Umgebung eine Zigarette angesteckt hatte.

»Wieso hat er denn bei seiner Schwester übernachtet?«, wollte Holmes mit kühler, ruhiger Stimme von ihm wissen.

Er ging zum Fenster und zog die Vorhänge zurück. Es war halb sieben, wir hatten uns erst vor zwei Stunden hingelegt. Ich gähnte verstohlen. Holmes blickte hinaus in die Dunkelheit, streckte sich und sprach leise vor sich hin.

»Ich hätte nicht gedacht, dass man so weit gehen würde.«

Er schüttelte den Kopf und paffte in schnellen, unregelmäßigen Zügen seine Zigarette.

»Vor allem verblüfft mich die Eile«, sagte er in ernstem Ton und warf den Stummel aus dem Fenster. Ich flößte dem aufgelösten Butler noch einen weiteren Brandy ein, so dass dieser langsam wieder etwas Farbe in sein Gesicht bekam. Holmes hatte sich inzwischen vollständig angekleidet und zog sich seinen Mantel über.

»Watson, Butler, beeilen Sie sich. Jede Minute zählt. Wenn wir zu spät kommen, sind vielleicht schon alle Spuren beseitigt worden.«

Nach einer Tour de Force stand ich nur wenig später auf der Straße. Butler saß bereits wieder auf dem Kutschbock seines Gefährts, schien aber noch immer etwas abwesend. Holmes kam gerade mit dem Einspänner um die Ecke.

»Hoffentlich sind wir schnell genug.«

Tatsächlich erreichten wir sogar etwas früher als vermutet das recht ausladende Anwesen von Whitstable Hall. Ein Licht im Haupthaus brannte, und ein weiteres im linken Querbau.

»Watson, Sie gehen zum Nebeneingang und lassen niemanden heraus. Niemanden, verstehen Sie? Butler, Sie kommen mit mir.«

Ich eilte davon, erreichte das Ende des Gebäudes und postierte mich so, dass ich den Eingang und die Fenster des erleuchteten Zimmers im Querbau im Auge behalten konnte. Endlich fiel die Müdigkeit von mir ab. Wie lange ich dort stand und in der Kälte wartete, konnte ich nicht sagen. An einem bestimmten Punkt hielt ich es nicht mehr aus, ging zu dem erleuchteten Fenster und blickte hindurch. Holmes kniete neben dem erschlagenen Montgomery und suchte den Boden mit der Lupe ab. Ich klopfte an die Scheibe. Er sah auf und deutete mehrfach in schneller Folge, was zweifelsohne die Dringlichkeit seiner Aufforderung unterstrich, in Richtung Nebeneingang. Als ich zurück zu meinem Posten kam, fuhr ich zusammen, denn die Tür stand einen Spalt offen. Ich eilte zum Haupteingang, wo mich Butler mit einem Kerzenleuchter in der Hand empfing. Sekunden später kam mir Holmes entgegen. Ich hatte angenommen, er würde mich ob meines Fehlers zurechtweisen, doch nichts dergleichen geschah.

»Butler, Sie bleiben hier am Eingang. Den Kerzenleuchter«, bestimmte der Detektiv.

Unser Mitstreiter händigte ihn meinem Gefährten aus und trat einen Schritt zurück, als wolle er uns Platz machen. Dann lief Holmes zum Nebeneingang und begann in gewohnter Manier den mit grobem Kies belegten Boden zu untersuchen. Er sprach leise vor sich hin, deutete mehrfach auf verschiedene Stellen und eilte mit einem Mal in Richtung der Felder hinter dem Haus davon. Er sei gleich zurück, rief er mir noch zu.

Ich lief zum Haupteingang und ging mit dem konsterniert wirkenden Jason Butler in das Zimmer, in dem sich der getötete Bischof befand. Das Feuer des Kamins war erloschen. Montgomery lag mit verzerrtem Gesichtsausdruck vor uns. Er schien nach dem tödlichen Schlag noch zwei, drei Schritte gegangen zu sein, hatte mit seiner linken Hand einen der schweren Vorhänge gefasst und einen Teil davon heruntergerissen. Er lag auf dem Rücken, sein Kopf war zur Tür gerichtet. Butler begann zu würgen, ich musste ihn festhalten, bis er sich beruhigt hatte. Er solle an der frischen Luft warten, riet ich ihm. Inzwischen war auf dem Vorplatz eine Kutsche vorgefahren, wie mir der Blick aus dem Fenster verriet. Ein Constable und ein mir bekannt vorkommender Inspektor stiegen vom Bock herunter und näherten sich dem Hauptgebäude. Ich verließ das Zimmer und wartete auf dem Flur. Gleich darauf kamen die beiden Männer den Gang entlang. Just in diesem Augenblick öffnete Holmes die Tür des Querbaus, und er sowie Jason Butler gesellten sich zu uns. Erst schien der Inspektor wütend zu sein, dann jedoch, als er näher kam, ging eine Veränderung in ihm vor. Sein Gesicht hellte sich auf, und er begrüßte meinen Freund mit festem Händedruck.

»Mr. Holmes? Sie hier? Woher wussten Sie?«

Obgleich mein Gefährte kaum eine Regung zeigte, begegnete er der Begrüßung des Inspektors doch mit einem warmen, freundlichen Lächeln.

»Bradstreet, auch ich könnte fragen, was Sie in Kent machen?«

»Ich bin eigentlich mit einem anderen Fall hier in der Gegend beschäftigt. Aber wegen der Bedeutung der getöteten Persönlichkeit hat man mich sofort herbeordert, um bei der Untersuchung zu helfen.«

»Dann kommen Sie, Bradstreet! Lassen Sie uns gemeinsam den Körper inspizieren. »Das ist im Übrigen der Neffe des Ermordeten«, dabei deutete er auf Jason Butler.

Der Inspektor blickte diesen kurz an und wandte sich dann wieder Holmes zu.

»Dann ist seine Anwesenheit nicht nur erwünscht, sondern auch notwendig.«

Er öffnete die Tür und ging mit forschem Schritt ins Zimmer, blieb jedoch mit einem Mal stehen und drehte sich zu uns um.

»Wer erschlägt einen hohen kirchlichen Würdenträger auf eine solch brutale Weise? Nicht zu fassen. Dr. Watson, wären Sie so freundlich und würden einen Blick auf den Toten werfen?«

»Selbstverständlich, Inspektor.«

Ich beugte mich zu der Leiche hinunter und betrachtete die Kopfwunde eingehend.

»Er wurde mit einem stumpfen, wahrscheinlich metallischen Gegenstand erschlagen. Der Mörder stand links von ihm, ein wenig nach hinten versetzt und ist etwas größer als das Opfer. Der Schlag kam für den Bischof überraschend, ich gehe davon aus, dass er den Angriff nicht hat kommen sehen.«

Holmes unterbrach mich.

»Exzellent, Doktor. Und wie bewerten Sie die Tatsache, dass der Schwerverletzte noch mehrere Schritte durch das Zimmer ging und sich am Vorhang festhielt?«

»Ich nehme an, der Bischof war von starker Natur.«

»Tatsächlich? Ja, das wäre eine Erklärung.«

Der Polizeiarzt, ein Dr. Smithers, erschien. Bradstreet mischte sich ein.

»Lassen Sie uns ins Haupthaus gehen. Ich möchte gerne ein paar Worte mit Ihnen sprechen«, bemerkte der Inspektor zu Jason Butler.

Wir durchliefen den langgezogenen Gang und erreichten die Eingangshalle. Im Kaminzimmer, wohin wir uns begaben, loderte bereits ein kleines Feuer. Holmes schien beinahe aufreizend desinteressiert an der Befragung unseres Helfers.

»Ihr Name?«, wollte Bradstreet wissen.

»Jason Butler.«

»In welcher Verbindung standen Sie zu dem Ermordeten?«

»Er ist mein Onkel, genauer gesagt, der Bruder meiner Mutter und kümmerte sich seit Jahren um uns. Da mein Vater verschwand, als ich noch jung war, hat er dessen Rolle, so gut es ging, übernommen.«

»Ist Ihnen heute Morgen irgendetwas aufgefallen, das mit der Ermordung Ihres Onkels in Zusammenhang stehen könnte?«

Butler nickte bestimmt.

»Um kurz nach halb sechs wurde ich von einem lauten Schlag geweckt. Ich bin aufgestanden und nach unten in die Halle gelaufen. Die Tür zum Nebengebäude stand zu meiner Überraschung offen. Ich habe nicht lange überlegt, bin den Flur hinunter- und in das Zimmer hineingelaufen, wo mein Onkel erschlagen auf dem Boden lag. Ich habe unser Hausmädchen Annie geweckt und ihr aufgetragen, sich um Mutter zu kümmern. Dann habe ich Tom, unserem Stallburschen, gesagt, er solle sich vor dem Raum aufstellen und niemanden hineinlassen, bis ich zurückkäme. Keine Ahnung, wo er im Moment ist.«

Bradstreet schaltete sich ein und befahl dem Constable, den Burschen herzubringen.

»Wenn er nicht da sein sollte, dann finden Sie ihn. Nehmen Sie ein oder zwei Männer mit, die dürften ja mittlerweile angekommen sein.«

Er wandte sich wieder Butler zu: »Wie war das Verhältnis zu Ihrem Onkel? Vertraut, persönlich? Oder bestimmten die Umstände die Beziehung?«

»Wir verstanden uns recht gut, doch war ich nie ein so überzeugter Christ wie er. Das hat unser Verhältnis schon ein wenig belastet, da er seinen Glauben mit großer Hingabe gelebt hat.«

Holmes stand auf, gab mir ein Handzeichen mitzukommen und entschuldigte sich beim Inspektor, er benötige eine kurze Pause. Er versuchte erst gar nicht, sein Verhalten zu erklären, sondern war bereits auf dem Weg zurück zu dem Raum, wo Montgomery gefunden worden war.

»Schnell, Watson. Wenn der Polizeiarzt seine Arbeit zügig durchgeführt hat, müsste das Zimmer jetzt leer sein und ich hätte einen Moment Zeit. Nichts gegen Bradstreet, aber er wird sich noch gehörigem Druck ausgesetzt sehen. Es wäre also besser, er weiß nichts davon.

»Druck von wem, Holmes?«, fragte ich etwas irritiert.

»Sie bleiben auf dem Flur und rufen mich, sobald jemand kommt.«

Ich tat wie mir geheißen; es dauerte nicht länger als fünf Minuten, dann glitt mein Gefährte aus der Tür, und wir strebten in Richtung Nebenausgang. Im Freien entfernten wir uns ein Stück weit vom Haus, und Holmes zündete sich eine Zigarette an.

»Rauchen Sie auch, Watson?«

»Nein, ich werde mir später eine Pfeife gönnen.«

Ich wollte von ihm wissen, ob seine Suche erfolgreich verlaufen war.

»Meine Vermutung hat sich vollends bestätigt. Montgomery, seine Ermordung, wir haben es mit einem mächtigen Gegner zu tun. Er trug nichts bei sich, selbst seine Aktentasche war leer. Das ist äußerst ungewöhnlich, ich gehe davon aus, dass wichtige Dokumente gestohlen wurden. Aber diese kleine Notiz hier wurde übersehen.«

Holmes hielt eine kleine, cremefarbene Karte von bester Qualität in der Hand, darauf stand in feiner Handschrift das Datum des heutigen Tages, unsere Herberge und die Uhrzeit des geplanten Treffens mit meinem Freund. Dann verschwand das schmale Indiz wieder in seiner Weste.

»Ihr Termin mit Montgomery!«, platzte ich heraus.

»Ja, nur hat man es zu verhindern gewusst. Ich hatte übrigens während unseres Besuchs bei ihm eine Nachricht auf seinem Schreibtisch hinterlassen, in der ich das Bild aus der St. Martin's Church erwähnt habe. Lassen Sie uns hinten um das Haus herumgehen«, schlug er vor.

Wir gelangten auf die Rasenfläche. Als wir das Ende der Längsseite des Gebäudes erreicht hatten, fuhren zwei Kutschen vor. Holmes sprach leise auf mich ein.

»Die Kirche wird versuchen zu verhindern, dass der Fall von Staatsseite her untersucht wird. Ich bin mir sicher, dass Bradstreet Schwierigkeiten bekommen wird, aber das sollte unsere Nachforschungen nicht beeinträchtigen. Allerdings dürfte die Befragung eines Kirchenmannes in Kürze recht kompliziert werden. In der St. Martin's Church wurde uns deutlich vor Augen geführt, dass man jeden unserer Schritte verfolgt. Ich hoffe, Sie erkennen mittlerweile die Konturen des Falls.«

Ich hatte keine Idee, worauf er hinauswollte. Ursprünglich waren wir nach Canterbury gekommen, um meine Vergangenheit zu entschlüsseln, doch mittlerweile stellte sich die Situation weit komplizierter dar: Welches Geheimnis umgab Compton Lodge, und wie war ich darin verwickelt? Warum wurde der Bischof ermordet? Und welche Rolle kam der Kirche bei den verschiedenen Ereignissen zu? Fragen über Fragen, auf die es aus meiner Sicht keine Antworten zu geben schien. Für Holmes wohl schon. Die Kutschen hielten auf dem Vorplatz, und vier Personen stiegen aus. Zwei von ihnen waren unschwer als Angehörige der Kirche auszumachen. War das etwa der Erzbischof, der, von einem Untergebenen begleitet, die anderen Herren kurz grüßend, zur Tür ging?

»Holmes!«, rief ich leise aus.

»Was haben Sie denn geglaubt, wer hier auftauchen würde? Einer seiner direkten Untergebenen wurde ermordet. Wir sollten zu ihnen gehen und uns vorstellen. Und Watson, sagen Sie in Gottes Namen nichts von alldem, was ich angedeutet habe. Versuchen Sie einfach, Sie selbst zu sein, das ist immer noch verfänglich genug.«

Ich reagierte nicht auf seine spöttische Bemerkung, sein glänzender Geist und seine in Momenten selbstherrliche Natur brachten ab und an unangenehme Blüten wie diese hervor. Er löste sich aus dem Schatten des Gebäudes und lief auf die beiden mir gänzlich unbekannten Personen zu. Die Männer sahen uns kurz an, ohne jedoch überrascht zu wirken. Mein Gefährte hatte Recht, man wusste von uns. Einer der Herren war der leitende Beamte der hiesigen Polizei, ein Inspektor Kingslay, der mit Bradstreet zusammenarbeiten würde. Er war von hagerer Gestalt, mit blasser Gesichtsfarbe und schien einen abwartenden Charakter zu haben. Seine Augen vermittelten mir jedoch den Eindruck, dass dieser Inspektor über weitaus mehr Kompetenz verfügte, als man es vielleicht auf den ersten Blick vermutete. Sein Händedruck war bestimmt, und er blickte mich fast einen Moment zu lange an. Der vierte Mann im Bunde war zu meiner Verwunderung der zuständige Coroner, ein Mr. James Minges. Ein noch recht junger Mann Anfang bis Mitte dreißig. Er nickte mir nur kurz zu und schien die Anwesenheit meines Freundes nicht recht einschätzen zu können. Allerdings vermied er es, ihn darauf anzusprechen. Kingslay übernahm die Initiative und führte die kleine Gruppe ins Haus, wo wir erst einmal die Mutter von Jason Butler in der Eingangshalle trafen. Sie sah mitgenommen aus. Ihr Hausarzt, ein Dr. Stiebler, der ein paar Minuten nach uns eintraf, kümmerte sich um sie. Wir wurden in das Kaminzimmer des Haupthauses geführt, wo Bradstreet noch immer mit Jason Butler sprach. Dieser war verunsichert und den Tränen nahe. Hätte Holmes mich nicht vorab zur Seite genommen und ausdrücklich darum gebeten, ruhig zu bleiben, ich hätte wohl eingegriffen. Butler schien nicht vernehmungsfähig zu sein. Bradstreet unterbrach die Befragung und begutachtete die Neuankömmlinge. Es klopfte und der Archidiakon betrat den Raum.

»Inspektor Bradstreet?«

»Herr Diakon?«

»Würden Sie die überaus große Freundlichkeit besitzen und dem Erzbischof ein wenig Ihrer kostbaren Zeit opfern?«

Er drehte sich zu Coroner Minges um und forderte auch ihn auf, mitzukommen. Der massige Bradstreet erhob sich, nahm seine Schirmmütze vom Tisch und ging zur Tür. Er war zwar ein eher einfacher Mann, doch hatte er einen sechsten Sinn, den mein Gefährte durchaus zu schätzen wusste. Wenn mich nicht alles täuschte, warfen sich die beiden einen kurzen Blick zu. Der Coroner folgte ebenfalls der Bitte, ohne eine Regung zu zeigen. Kingslay bat Jason Butler aufzustehen und ihm zu folgen.

»Ich nehme Sie mit aufs Revier nach Canterbury, damit wir Ihre Aussage protokollieren können.«

Er entschuldigte sich und führte ihn hinaus. Ich hatte erwartet, dass Holmes etwas dagegen einwenden würde, doch blieb er vollkommen ruhig. Mit einem Mal waren wir nur noch mit dem Constable, den Bradstreet für die Vernehmung hinzugezogen hatte, im Raum. Mein Gefährte nahm auf dem vormals von Butler besetzten Stuhl Platz und wandte sich an den Polizisten, um ihm ein paar Fragen zu stellen.

»Wie Sie wissen, haben Inspektor Bradstreet und ich schon mehrfach in London zusammengearbeitet.«

»Ich weiß, Sir. Er hat es kurz angedeutet. Es wäre mir eine große Ehre, wenn ich Ihnen weiterhelfen könnte.«

»Sie heißen?«

»John Collins, Sir. Ich bin …«

»Lassen Sie es gut sein, Collins, das ist keine Vernehmung. Mich interessieren nur ein paar Einzelheiten, da ich vorhin nicht anwesend sein konnte.«

Collins nickte und richtete seine volle Aufmerksamkeit auf meinen Freund, als würde die Ehre aller Constables der Britischen Krone davon abhängen.

»Was genau hat Butler gesagt, warum sein Onkel am gestrigen Abend hier zu Gast war?«

»Ein Besuch bei seiner Schwester. Wie übrigens jede Woche. Die beiden essen gemeinsam und verbringen noch ein paar Stunden miteinander. Dann verabschiedet sich der Bischof ins Nebengebäude, um dort zu schlafen.«

»Und wo war Butler während dieser Zeit?«

»Er war aus gewesen. In seinem Club in Canterbury. Karten spielen.«

Holmes schien keinerlei Interesse an dem Namen des Clubs zu haben. Ich wiederum hätte gerne nachgefragt, doch erinnerte ich mich ein weiteres Mal seiner Bitte und schwieg.

»Hat er seinen Onkel gefunden?«

»Ja, Mr. Holmes. Um etwa halb sechs heute Morgen. Er hat einen dumpfen Schlag gehört. Sein Schlafraum liegt zum Nebengebäude hin, von seinem zu Montgomerys Zimmer sind es nur ein paar Yards Luftlinie.

Als er nach unten kam und sah, dass die Tür zum Nebenflügel und auch die zum besagten Zimmer seines Onkels offenstand, vermutete er Schlimmeres, was sich leider auch bestätigte.«

»Wie würden Sie Butlers Konstitution während der Befragung einschätzen?«

»Anfänglich sehr gut. Ruhig, konzentriert, wenn auch mitgenommen. Was will man anderes erwarten? Nach einer Weile verlor er immer mehr die Fassung und fing sogar an zu weinen. Aber gut, in einer solchen Situation. Butler hat ja, wenn man so will, seinen Ziehvater verloren.«

Holmes dankte dem Constable, dann verließen wir das Zimmer. Auf dem Vorplatz wurden Stimmen laut, ein Blick nach draußen verriet uns den Grund für den Aufruhr.

»Sie haben den Stallburschen, was auch nicht anders zu erwarten war. Ich bin mir sicher, dass er nichts mit der Sache zu tun hat. In Montgomerys Zimmer gab es keinen Hinweis auf ihn. Fürs Erste hat man einen Schuldigen. Das wird unsere Arbeit erleichtern.«

»Holmes, wenn Sie die Beschuldigung gegen den Mann entkräften können, dann tun Sie es doch!«

»Zu gegebener Zeit werde ich mich dem Problem widmen. Im Augenblick würde es den Ermittlungen schaden.«

»Sie überlassen ihn den Klauen der Justiz?«

»Ihre vollkommen unangebrachte Philanthropie ehrt Sie zwar, lässt mich aber an Ihrem Scharfsinn zweifeln;

sie ist gelinde gesagt …«, er nestelte eine weitere Zigarette aus seinem silbernen Etui und drehte sie behutsam
in der rechten Hand, »… lästig.«

Ich versuchte es erneut.

»Den Jungen auch nur stundenweise der Justiz zu
überlassen, obwohl seine Unschuld bewiesen werden
kann, ist unanständig. Sagen Sie, was Sie wollen, ich
werde Ihre Meinung nicht teilen.«

Ich drehte mich um, stürmte zur Tür hinaus und
beobachtete die Szenerie zu meiner Linken. Drei
Constables hatten den bulligen Stallburschen endlich
beruhigen können und ihm Handschellen angelegt.
Dieser machte seinem Ärger erst noch lautstark Luft,
wurde aber, je näher er der Haustür kam, immer stiller.
Offenkundig schien ihm bewusst zu werden, dass sein
anfängliches Verhalten einem Schuldeingeständnis
glich. Ich machte einen Schritt zur Seite und ließ die
kleine Gruppe passieren. Die Tür schloss sich hinter
ihnen. Mit einem Mal begann sich mir die Absurdität
der ganzen Szenerie zu erschließen. Etwas weit in der
Vergangenheit Liegendes schien mich erreichen zu
wollen, aber nichts war konkret genug, um mir einen
Anhaltspunkt zu geben. Es kam mir vor, als würde ich
beobachtet und jemand versuchte, in meine Gedanken
einzudringen.

Meinem Instinkt folgend, ging ich zum Neben-
gebäude und blieb vor dem schwach erleuchteten
Zimmer stehen, in dem noch immer der tote Bischof
Montgomery lag. Ich hielt mich in einiger Entfernung

zum Fenster, so dass man mich von drinnen nicht würde sehen können. Inspektor Kingslay, der eigentlich schon mit Butler nach Canterbury unterwegs sein wollte, betrat den Raum. Er verriegelte die Tür hinter sich, fasste in seine Jackentasche und zog etwas heraus. Dann trat er neben den Toten und kniete sich auf den Boden. Fast wäre ich ans Fenster getreten und hätte geklopft, blieb aber stattdessen in sicherer Entfernung und beobachtete weiter das Geschehen. Der Inspektor steckte ein für mich nicht identifizierbares Objekt in die linke Hosentasche des Toten. Ich war so empört, dass ich einen Moment in den wolkenverhangenen Himmel sehen musste, um mich zu beruhigen. Ohne jeden Zweifel war eine Schurkerei allererster Güte im Gange. Holmes musste so schnell wie möglich benachrichtigt werden. Ich schaute erneut ins Zimmer und sah, wie Kingslay aufstand, den Toten noch einmal in Ruhe betrachtete und das Zimmer verließ. Was auch immer sich hier abspielte, es war ungeheuerlich. Wie nur in aller Welt war ein Vertreter der Krone zu so etwas fähig? Ich konnte meine Empörung nur mit Mühe zügeln und hoffte, nicht mehr zurück in das Gebäude zu müssen. Es vergingen nur ein paar Minuten, dann kamen der Erzbischof, der Coroner, der Archidiakon und Holmes in das Zimmer. Man entzündete mehrere Kerzen und bat meinen Freund wohl, die Leiche näher zu untersuchen. Dieser vermittelte mit traumwandlerischer Sicherheit den Eindruck, als sei dies der erste Blick auf den Toten. Der von Kingslay in Montgomerys Hosentasche platzierte Gegenstand blieb von ihm unentdeckt. Mit wem steckte der hiesige Inspektor unter einer Decke? Und was bezweckte er mit diesem Vorgehen? Ich machte mich auf und ging zurück zum Hauseingang. Ohne darüber nachzudenken, stand ich kurz darauf in dem zuvor beobachteten Zimmer. Mein Gefährte schien ein wenig überrascht, stellte mich dann aber den beiden kirchlichen Würdenträgern vor.

»Erzbischof Lanning, das ist Dr. Watson.«

»Erzbischof, es ist mir eine Ehre, Sie kennenlernen zu dürfen.«

»Dr. Watson, Sie werden es nicht glauben, aber ein paar Beschreibungen der Fälle Ihres Freundes haben auch den Weg auf meinen Nachttisch gefunden und mir einige recht unterhaltsame Stunden beschert. Dies ist im Übrigen mein enger Vertrauter und Referent, der Archidiakon Franklin Slight.«

Ich tauschte die üblichen Freundlichkeiten mit dem Diakon aus, der einen ruhigen und konzentrierten Eindruck auf mich machte, aber trotz seines deutlich höheren Alters im Vergleich zum Erzbischof nicht alt neben diesem wirkte. Der Coroner meldete sich zu Wort.

»Hochwürden, können wir jetzt bitte zum eigentlichen Problem zurückkommen. Es muss eine Einigung zwischen uns erzielt werden. Wie ich schon sagte, Sie verstoßen gegen das Gesetz, wenn Montgomery von Ihnen nicht freigegeben wird.«

»Bischof Montgomery, bitte«, ließ die Antwort des

Kirchenoberhauptes nicht lange auf sich warten, »und Sie vergessen, dass der Bischof auf kirchlichem Boden ermordet worden ist. Ihm gehörten, wie seinem Neffen Jason Butler, Teile des Landguts und er hatte diese schon vor vielen Jahren an die Kirche überantwortet. Wenn man annimmt, dass dieser törichte Stallbursche der Mörder ist und über den Bischof bei der Kirche angestellt war, gibt aus unserer Sicht keinen Grund, die staatliche Seite mehr als unbedingt nötig einzubinden. Wir können und wollen gar nicht verhindern, dass die Administration der Britischen Krone Nachforschungen anstellt, aber wir würden es sehr begrüßen, wenn dies zumindest teilweise zu unseren Bedingungen geschieht. Mehr möchte ich dazu auch nicht sagen müssen.«

Coroner Minges sah den Erzbischof mit großen Augen an, als würde er nicht recht fassen können, was dieser gerade gesagt hatte. Er beorderte Bradstreet zu sich und ging mit ihm nach draußen. Als sie zurückkamen, verkündete der Coroner in beinahe feierlichem Ton:

»Ich mache Ihnen einen Vorschlag, Hochwürden. Die Untersuchung könnte gemeinsam durchgeführt werden. Ich arbeite unter Ihrer Aufsicht.«

Ohne, dass es zu der von mir erwarteten Auseinandersetzung kam, stimmte Albert Lanning zu. »Gut, ich denke, darauf können wir uns einigen. Wir wollen ja keinen weiteren Investiturstreit«, sagte er schmunzelnd.

Der Erzbischof spielte auf das Machtverhältnis zwischen Kirche und Staat an. Ein leidiges Thema, das mit der Ermordung von Thomas von Canterbury, dem wohl berühmtesten Erzbischof der englischen Kirche, etwa fünfzig Jahre nach der Beilegung des besagten Streits im Jahre 1122, einen weiteren traurigen Höhepunkt erlebt hatte. Es klopfte an der Tür. Einer der Constables erschien und wandte sich an Bradstreet.

»Wir haben diesen Burschen Tom Plummer ins Kaminzimmer gebracht. Er kann jetzt verhört werden.«

Holmes meldete sich zu Wort.

»Meine Herren, ich arbeite derzeit noch an einem anderen Fall. Sollten Sie mich benötigen, was ich jedoch aufgrund der zusammenwirkenden Kräfte von Kirche und Staat nicht vermute, stehe ich gerne zu Ihrer Verfügung. Habe die Ehre.«

Wieso wollte er nicht bei der Vernehmung des Stallburschen dabei sein? In der Halle trafen wir noch einmal auf Jason Butler, der sich etwas erholt zu haben schien, wechselten mit ihm ein paar Worte und verließen das Haus. Der Wind hatte die Wolkendecke aufgerissen und ein paar Sonnenstrahlen hellten den winterlichen Morgen merklich auf. Draußen berichtete ich Holmes von Kingslays Tat, die ich durch das Fenster beobachtet hatte.

»Was haben Sie erwartet, mein Lieber?«

Wir stiegen auf den Kutschbock und fuhren dick vermummt zum Pigeons Inn zurück, wo uns unsere Wirtin ein herzhaftes Frühstück servierte. Nach und nach wich die Kälte aus unseren Gliedern, und wir besprachen die Ereignisse der letzten Stunden.

»Watson, erschien es Ihnen in der derzeitigen Situation tatsächlich von Nutzen, den Ausführungen des Stallburschen zu folgen? Dieser Farce werden wir uns ohnehin annehmen müssen, wenn es soweit ist. Noch besteht dazu keine Notwendigkeit. Es überrascht mich absolut nicht, dass Kingslay ein Indiz in Montgomerys Tasche versteckt hat. Ohne jeden Zweifel wird es den Jungen belasten.«

»Das ist doch ungeheuerlich! Der Mann steht im Dienst der Britischen Krone.«

»Er erfüllt einen Auftrag. Die eigentliche Frage lautet doch vielmehr, was Montgomery getan oder gewusst hat, dass man ihn aus dem Wege räumen musste. Der Mord an einem Bischof wirbelt ziemlich viel Staub auf, vor allem, wenn es sich um einen direkten Untergebenen des Oberhauptes der Anglikanischen Kirche handelt. Sie erinnern sich an meine Verabredung mit ihm? Fakt ist, dass ich nicht schnell genug war.«

»Hat meine Vergangenheit damit zu tun?«, fragte ich meinen Gefährten auf den Kopf zu, der sich einige Zeit ließ, bis er schließlich antwortete.

»Im weiteren Sinne schon, ja, denn wir tauchen plötzlich hier auf und stellen Nachforschungen über die Vergangenheit an.«

Seine Miene verfinsterte sich, als er weitersprach.

»Was mich vor allem erstaunt, ist, dass der Bruch in Ihrer Lebensgeschichte etwas mit diesem Geheimnis zu tun hat. Und noch verwunderlicher ist es, dass Ihnen dies nicht bewusst ist. Es sieht ganz so aus, als habe ein

Trauma einen Teil Ihrer Erinnerung regelrecht verschüttet.«

»Bruch in meinem Leben? Was genau meinen Sie damit, Holmes?«, fragte ich reichlich irritiert nach.

»Wie erklären Sie sich, dass Sie in Ihrer Jugend eine angesehene Privatschule besucht haben? Ich darf Sie an Percy Phelps erinnern, der sich an Sie, respektive an mich gewandt hat wegen des verschwundenen Flottenvertrags. Und obwohl Sie also mit Phelps, immerhin dem Enkel des Außenministers Lord Holdhurst, auf der Schule waren, wählen Sie nach dem Studium die Armee, um Ihren Beruf auszuüben. Gut, das ehrt Sie einerseits, aber es bestand wohl auch die Notwendigkeit, diesen Weg zu gehen. Als Sie nach London zurückkehren, leben Sie von elfeinhalb Shilling Versehrtenrente pro Tag, die Ihnen zustanden. Meine Frage lautet also: Was ist mit den finanziellen Mitteln Ihrer Familie geschehen?«

Tatsächlich schien das, was mir als Antwort auf seine Überlegung in den Kopf kam, recht unpassend.

»Nach dem Tod meines Vaters waren wir eben finanziell nicht mehr so gut gestellt.«

»Lieber Freund, das mag bis zu einem gewissen Grad zutreffen, aber ich bin der festen Überzeugung, dass noch ganz andere Dinge vorgefallen sind, die Ihren gesellschaftlichen Abstieg bewirkt haben.«

Er klang kämpferisch, als habe er den festen Entschluss gefasst, das mir widerfahrene Unrecht aufzuklären. Tatsächlich hatte ich die Situation seit meiner

Rückkehr aus Afghanistan als gegeben hingenommen und keine Sekunde mehr einen Gedanken an meine Familie als Rückhalt verschwendet. Ich war zugegebenermaßen schockiert.

»Was auch immer, Holmes. Ich habe nicht die geringste Ahnung, was hier gespielt wird.«

»Ich werde versuchen, Ihnen ein paar grundlegende Probleme anzudeuten, denen wir uns gegenübersehen: Welche Rolle spielten Sir Edward und Compton Lodge? Und wie war die Verbindung zwischen diesem Herrn und der Anglikanischen Kirche? Dann die beiden Gemälde. Warum befindet sich das eine Bild auf dem ansonsten so gut wie leeren Anwesen von Compton Lodge? Wieso hängt ein zweites, übermaltes Bild in der St. Martin's Church? Worauf verweisen die Bilder? Dazu kommen der antike Spiegel und das verschwundene Zimmer, von dem Sie während Ihres Deliriums gesprochen haben. Wenn mich nicht alles täuscht, habe ich das Zimmer gefunden. Sie waren im Übrigen dabei, mein Lieber. Dort muss unsere Suche weitergehen. Aber alles zu seiner Zeit.«

Ich saß schweigend da, mir drehte sich der Kopf. Sollte mein verstorbener Großvater der Auslöser für all die Ereignisse sein? Das vermochte ich mir kaum vorzustellen.

»Was gedenken Sie zu tun, Holmes?«

»Sie erinnern sich doch noch an den Privatsekretär von Sir Edward, der vor ein paar Tagen in die Baker Street gekommen ist?«

»Andrew Jeffries? Natürlich.«

»Ihn werden wir zuerst aufsuchen, er wohnt in Ramsgate, an der Küste. Ich habe uns eine Zugverbindung herausgesucht. Wenn wir in den nächsten zehn Minuten aufbrechen, kommen wir rechtzeitig nach Canterbury, von wo aus wir den Elf-Uhr-Zug nehmen können.«

Ich sprang auf, um mich reisefertig zu machen. Holmes hingegen blieb sitzen und zündete sich eine Zigarette an.

»Sie hätten mir das wirklich früher mitteilen können.«

»Da muss ich Ihnen ausnahmsweise Recht geben, mein Lieber.«

IX. Mr. Andrew Jeffries

Als wir am frühen Nachmittag Ramsgate erreichten, schien die Sonne so hell und klar, als herrschte in dieser Gegend nie anderes Wetter. Ich genoss den herben, frischen Wind, auch wenn ich leichte Bedenken wegen meiner noch recht anfälligen Konstitution hatte. Holmes hatte bereits eine Kutsche gestoppt, die uns zum ehemaligen Privatsekretär von Sir Edward bringen würde. Er wohnte in einem kleinen, typisch englischen Haus mit Vorgarten und Blick aufs Meer.

»Recht ansehnlich«, meinte mein Gefährte knapp, als er den Türklopfer betätigte.

»Ja, es sieht gemütlich und gepflegt aus«, gab ich zur Antwort.

Es dauerte nur wenige Augenblicke, bis der bei unserem Anblick verdutzt dreinschauende Jeffries geöffnet hatte.

»Mr. Holmes und ...«, es folgte eine kleine Pause, bei der man den Eindruck gewinnen musste, unser Gegenüber versuche sich zusammenzunehmen, »Doktor Watson. Haben Sie sich denn gut erholt?«

»Ich fühle mich noch ein wenig schwach. Aber Holmes' Vorschlag, eine Reise an die Küste zu unternehmen, erschien mir ausgezeichnet. Also habe ich eingewilligt. In der Baker Street wäre mir noch die Decke auf den Kopf gefallen.«

Wir standen weiter in der Tür. Der ehemalige Privatsekretär machte keine Anstalten, uns einzulassen.

»Sie haben doch einen Moment Zeit?«, fragte ihn Holmes scheinbar teilnahmslos.

»Ich, also, ja, natürlich.«

Schließlich konnte er nicht mehr anders.

»Kommen Sie doch herein.«

Wir nahmen in dem schlicht hergerichteten Empfangszimmer an einem runden Eichentisch Platz.

»Kann ich Ihnen etwas anbieten?«

Wir lehnten ab und versicherten, dass unser Besuch nicht lange dauern würde.

»Fragen Sie, meine Herren, ich werde versuchen, nach bestem Wissen und Gewissen zu antworten.«

»Wie lange waren Sie in Diensten von Sir Edward?«, begann Holmes.

»Ziemlich genau zweiundzwanzig Jahre. Als ich zu ihm kam, war ich siebenunddreißig Jahre alt, und ich blieb bis zu seinem Tod.«

»War Sir Edward ein gläubiger Mann?«

»Er war so gläubig, wie es eben gut war, um seine Geschäfte treiben zu können.«

»Wie war sein Verhältnis zum damaligen Erzbischof?«, fragte Holmes weiter. Ich war einigermaßen überrascht, denn er behauptete einfach, dass sich die beiden gekannt hatten und sollte Recht behalten.

»Ich glaube sagen zu dürfen, dass es gut war. Sie trafen sich ab und an zu einem Plausch und einer Tasse Tee auf Compton Lodge. Mehr oder minder jedes zweite Wochenende.«

»Also verband die beiden eine Art Freundschaft?«, warf ich ein.

Jeffries überlegte, richtete den Blick nach draußen und kniff die Augen, wohl wegen der Helligkeit des Sonnenlichts, kurz zusammen.

»Wissen Sie, das ist eine heikle Frage. Waren sie befreundet? Nein, ich würde es eher als Wertschätzung und Respekt füreinander bezeichnen.«

Ich war verwundert wegen der peinlich genauen Differenzierung, die der Privatsekretär auch nach so vielen Jahren noch traf. Offensichtlich wollte er sich für seine Bemerkung rechtfertigen, denn er ging nochmals darauf ein.

»Sie müssen entschuldigen, aber Sir Edward legte großen Wert auf Unterscheidungen dieser Art. Ich wüsste nicht, ob aus seiner Sicht überhaupt je jemand sein Freund gewesen ist. Mit Ausnahme vielleicht von Admiral Butler.«

»Admiral Butler?«, versicherte sich Holmes und Jeffries bejahte. Das stete Geräusch der auf die Küste treffenden Wellen bildete eine seltsam anmutende Untermalung des Gesprächs.

»Mr. Jeffries, ich hätte noch ein paar Fragen zu dem

besagten Wochenende auf Compton Lodge, an dem die Erbschaftsangelegenheit geregelt werden sollte. Mich würden ein paar Details interessieren, die wir in der Baker Street nicht mehr ansprechen konnten.«

»Schießen Sie los!«

»Sie hatten gesagt, Sir Edward habe einen zufriedenen Eindruck auf Sie gemacht, nachdem er am Abend angekündigt hatte, das gesamte Erbe Dr. Watson zuzusprechen.«

»Ja, er war ungewöhnlich entspannt, trank beinahe genüsslich seinen Kaffee und ließ sogar noch einmal Holz nachlegen.«

»Und am nächsten Morgen nach dem Verschwinden des Doktors? Wie hat er reagiert?«

»Er ging erst davon aus, dass es sich um einen schlechten Scherz seines Enkels handelte.«

»Und die Vergabe des Erbes?«

»Er entschied schließlich, es der Kirche zu übereignen, als offensichtlich wurde, dass sich sein Enkel allem Anschein nach der Aufgabe nicht stellen wollte. Keiner der drei habe sich als würdiger Nachfolger erwiesen. Die beiden Streithähne nicht und John ebenso wenig. Dem Jungen, also Ihnen, Doktor, fehle die Ernsthaftigkeit.«

»Also fiel das gesamte Vermögen an die Kirche?«

»So ist es.«

»Haben Sie eine Ahnung, warum der gesamte Besitz heute brach liegt? Was hat die Kirche dazu veranlasst, keinen Gebrauch mehr davon zu machen?«

Holmes erhob sich vom Tisch, seine Fingerkuppen hatte er aneinandergelegt. Dabei blickte er Andrew Jeffries an und sprach weiter, da dieser nicht antwortete.

»Halten Sie es für möglich, dass ein Fluch über Compton Lodge liegt?«

Der ehemalige Privatsekretär reagierte erst nicht, schließlich nickte er leicht, dann immer bestimmter, bis er endlich Worte fand. Der Ton seiner Stimme klang alarmiert, ängstlich.

»Ja. Oh Gott, ja. Dieser Ort ist verflucht. Selbst die Kirche hat den Besitz nicht mehr nutzen wollen.«

Der panische Blick unterstrich deutlich, was in ihm vorging. Ich wollte schon den Brandy holen, doch Holmes gab mir ein Zeichen, noch zu warten.

»Sie sind ein Mann des Glaubens?«, fragte er ihn scharf.

Jeffries begann zu zittern und brachte kein Wort heraus. Schließlich sackte er kraftlos in sich zusammen. Ich war aufgesprungen und versorgte den vollkommen entkräfteten Mann.

»Vor wem haben Sie Angst?«, insistierte mein Gefährte, »vor wem?«

»Holmes! Er braucht Ruhe.«

»Vor wem?«, setzte er mit strengem Ton nach.

»Sie, ich, nein … oh Gott, Pyrrhocorax pyrrhocorax, nehmen Sie sich in Acht, Pyrrhocorax pyrrhocorax!«

Was sollte der Hinweis auf einen Vogel? Wenn mich meine Kenntnisse nicht trogen, handelte es sich dabei um eine Alpenkrähe. Holmes ging zu Jeffries und sprach ihm gut zu. Dann bat er mich kurz mitzukommen.

»Geben Sie mir ein paar Minuten.«

»Ich warte draußen, Watson. Wir müssen zurück nach Canterbury, und zwar noch heute Abend.«

Die Tür fiel zu und ich blieb mit Jeffries und meinen wirren Gedanken allein. Was für eine Rolle spielte diese Alpenkrähe? Der ehemalige Privatsekretär war in irgendeiner Weise in die Sache verstrickt. Ich setzte ihn in seinen Lehnsessel, holte eine warme Decke und flößte ihm erneut Brandy ein. Als ich endlich das Haus verließ, fand ich Holmes, den Blick aufs Meer gerichtet, eine Zigarette rauchend.

»Siebzehn Minuten, mein Lieber, siebzehn Minuten«, sagte er kopfschüttelnd, »ich hätte es nicht so dringlich gemacht, aber es ist absolut notwendig.«

Wir hatten Glück, denn es gelang uns, einen Hansom anzuhalten und so den letzten Zug nach Canterbury noch rechtzeitig zu erreichen. Im Abteil wollte ich von meinem Begleiter aufgeklärt werden, was denn so ungemein Bedeutendes vor uns lag. Er deutete an die Decke, legte sich quer auf die Sitzbank und zog seine Schirmmütze ins Gesicht.

»Watson, wir müssen so schnell wie möglich nach Compton Lodge. Jeffries wird eine gewisse Zeit brauchen, um seine Glaubensbrüder zu informieren.«

»Glaubensbrüder? Der Mann ist im Ruhestand und nicht in bester physischer Verfassung. Außerdem kann er in seinem augenblicklichen Zustand nichts unternehmen.«

»Er wird Mittel und Wege finden, damit seine Warnung schnell zu den rechten Stellen gelangt.«

»Ich habe Sie beobachtet. Das mit dem Fluch … das haben Sie Jeffries in den Mund gelegt, oder? Was steckt wirklich dahinter?«

Er blickte kurz zu mir herüber, schwieg aber.

»Holmes, heraus mit der Sprache!«

»Es ist doch keine große Sache, ein Gerücht in die Welt zu setzen. Ich wusste davon und wollte wissen, wie Jeffries darauf reagiert. Er wollte glaubhaft wirken, hat sich zu sehr hineingesteigert und dabei ein wenig zu viel verraten. Man will auf diese Weise erreichen, dass Compton Lodge unter allen Umständen gemieden wird. Und was gibt es bei der gläubigen Landbevölkerung Besseres, als von einem Fluch zu sprechen?«

»Und was gedenken wir dort zu finden?«

»Antworten. Den Revolver tragen Sie noch bei sich?«, versuchte er mit seiner Gegenfrage abzulenken. Ich bejahte.

»Gut. Jeffries ist im Übrigen ein treuer Diener, ein Befehlsempfänger. Und das schon seit Jahrzehnten. Behalten Sie das in Erinnerung, werter Freund. Sagt Ihnen Pyrrhocorax pyrrhocorax wirklich nichts?«

»Bis auf die Tatsache, dass es die Bezeichnung für eine Alpenkrähe ist, nichts.«

Holmes nahm eine Zigarette aus seinem silbernen Etui.

»Es handelt sich um einen schwarzen Vogel mit rotem Schnabel. Und der Kopf sitzt, ganz nebenbei bemerkt, auf einem kurzen kräftigen Hals«, dabei sah er mich vielsagend an und lächelte verschmitzt. »Noch einmal: Sir Edward hatte nie die Absicht gehabt, das Erbe an einen seiner Enkel abzutreten. Und selbst Ihnen müsste aufgefallen sein, wie gut sein Sekretär Jeffries über die Vorgänge informiert ist. Es scheint doch offensichtlich, dass von Anfang an die Absicht bestand, der Anglikanischen Kirche den Besitz zukommen zu lassen. Was also war der tiefere Sinn der Inszenierung an jenem Wochenende? Es gibt zwei Möglichkeiten: Entweder ein persönlicher Rachefeldzug Ihres Großvaters gegenüber seiner Verwandtschaft, oder sie diente einem völlig anderen Zweck.«

»Ein persönlicher Rachefeldzug wäre für mich eher nachvollziehbar.«

»Nein, Watson. Es ging um etwas Größeres. Ich hatte Ihnen doch angedeutet, dass vor diesem Treffen auf Compton Lodge etwas geschehen sein musste. Immerhin haben wir eine Art Wegweiser.«

»Die beiden Bilder?«, vermutete ich.

»Exakt. Das Bild in der St. Martin's Church verweist ohne Zweifel auf Compton Lodge. Das wissen wir schon.«

»Und das Bild in Compton Lodge birgt das eigentliche Geheimnis?«, führte ich seinen Gedanken weiter.

»Zum Teil. Wir müssen das Bild entschlüsseln und dann gibt es noch diesen antiken Spiegel. Vorausgesetzt, wir sind schnell genug.«

X. Der verlassene Garten

Das gleichmäßige Rattern der Räder auf den Schienen machte mich schläfrig. Als ich aufwachte, fuhr der Zug bereits in den Bahnhof von Canterbury ein. Wir bestiegen eilig den Einspänner. Entgegen meiner Erwartung fuhren wir jedoch nicht direkt nach Compton Lodge. Holmes steuerte die Kutsche durch das altehrwürdige Städtchen, bis er zu meiner Überraschung vor dem Liegenschaftsamt hielt. Hier stiegen wir aus, betraten das stattliche Gebäude und wurden, nachdem Holmes kurz Rücksprache mit einer älteren Dame an der Information gehalten hatte, in den ersten Stock geschickt.

»Ich möchte Sie nicht in Ihrem Tatendrang unterbrechen, nur wieso sind wir nicht nach Compton Lodge gefahren, sondern hierher?«, wollte ich von meinem Begleiter wissen.

Er seufzte und klärte mich darüber auf, dass es dringend notwendig sei, sich über die Besitzverhältnisse zweier Objekte zu informieren.

»Nur um zu überprüfen, ob die gemachten Angaben auch tatsächlich stimmen. Ich kann Ihnen sagen, dass der Fall auch deswegen so kompliziert ist, weil

offenkundig mehrere Wahrheiten nebeneinander exis-
tieren.«

»Ich kann Ihnen nicht ganz folgen, Holmes.«

»Es gibt faktische, empfundene und sogar phanta-
sierte Wahrheiten in diesem Fall.«

Ich musste ihn in einer Weise angesehen haben, dass
er abwehrend die Hand hob und mir andeutete, ihn
seine Bemerkung erläutern zu lassen.

»Wissen Sie, wenn jemand überzeugt ist von dem,
was er als wahr annimmt, dann ist das im weiteren
Sinne eine Wahrheit, aber diese kann von der faktischen
meilenweit abweichen. Und wenn jemand etwas Ein-
schneidendes erlebt hat, auch wenn dies objektiv nicht
nachprüfbar ist, so stellt es für die Person ebenfalls eine
Wahrheit dar.«

Ich unterbrach ihn: »Sie wollen mit Ihrer reichlich
komplizierten Erklärung doch eigentlich nur sagen,
dass verschiedene Personen oder Gruppen zu wissen
glauben, was richtig ist.«

Er nickte anerkennend.

»Und dann gemäß dieser, ihrer Wahrheit handeln.
Und genau das birgt enorme Schwierigkeiten, denn
in diesem Fall gibt es nur wenige, die sich de facto
für bestimmte tragische Ereignisse verantwortlich
fühlen.«

»Und deshalb sind wir im Liegenschaftsamt?«, fragte
ich mit leicht verständnislosem Unterton, ob seiner
belehrenden, doch nicht wirklich erhellenden Äuße-
rung.

»Watson, es müssen Fakten gesammelt, bewertet und in den rechten Zusammenhang gestellt werden. Und genau deshalb muss ich schnell noch etwas verifizieren. Ich bin gleich wieder da. Warten Sie bitte einen Augenblick auf mich!«

Damit verschwand er in der Tür des Liegenschaftskatasters. Als er nur wenig später zufrieden dreinschauend vor mir stand und die Ordnung und Präzision des Hauses lobte, war ich mir sicher, dass wir einen entscheidenden Schritt vorangekommen waren, auch wenn ich keine Ahnung hatte, wieso. Wir verließen das Amt und machten uns sogleich wieder auf den Weg. Es dämmerte, als wir endlich die Zufahrt von Compton Lodge erreichten. Dort stoppte Holmes unser Gefährt und machte das Pferd an einem Baum fest. Ich war einigermaßen erstaunt.

»Wir hetzen über die Landstraße, als wären uns die Häscher auf den Fersen und jetzt machen wir an der Zufahrt Halt?«

»Lieber Freund, vertrauen Sie mir.«

Wir liefen in weitem Bogen um das Anwesen herum und erreichten die Rückseite des Gebäudes. Holmes öffnete mit schnellem Griff den bereits bei unserem letzten Eindringen aufgebrochenen Fensterladen zur Küche hin. Er hielt mich an, keine Zeit zu verlieren, entzündete seine Gaslampe und ging voran. Im Gegensatz zu unserem ersten Besuch beeilte er sich, die Eingangshalle zu erreichen. Zufrieden stellte er fest, dass das Bild noch an seinem Platz hing. Normalerweise hätte er mich gefragt, was mir daran auffiel, aber die Zeit schien knapp und so begann er mit gesenkter Stimme seine Beobachtungen zu erläutern.

»Warum also hängt hier dieses eine Bild? Vor allem, wenn es, natürlich in stark abgewandelter Form, das gleiche Thema hat wie das in der St. Martin's Church, nämlich Compton Lodge. Es ist ein herbstliche, fast winterliche Ansicht. Wenige Blätter an den Bäumen, Regen. Würden Sie sich, wenn Sie ein Bild aufhängen wollten, nicht viel eher für eine Frühlings- oder eine schön anzusehende Herbstansicht entscheiden? Was also steckt dahinter?«

Während der Ansprache hatte er nicht einmal zu mir herübergeschaut, sein Blick verharrte starr auf dem Bild des Anwesens vor uns. Es stimmte mich fast ein wenig versöhnlich, dass Holmes selbst nicht genau zu wissen schien, was er suchte. Schon seit unserer ersten Begegnung im chemischen Laboratorium des St. Bartholomew Hospitals bewunderte ich seine Ausdauer, die scharfe Beobachtungsgabe und Leidenschaft, mit der er Aufgaben anging. Aber so faszinierend er auch war, mit ihm tauschen wollen, hätte ich ob seines zu Exzessen neigenden Wesens und der melancholischen Anwandlungen unter keinen Umständen.

»Ha! Watson, sehen Sie hier!«

Er deutete auf eine Stelle des Bildes, wo vor dem Schuppen eine große Anzahl herabgefallener Blätter auf dem schlammigen Boden lagen. Der Detektiv zeichnete mit seinen Fingern etwas nach, immer wieder, bis auch ich erkannte, worum es sich handelte.

»Gefallenes Laub in Form eines Vogels, Holmes?«

»In der Tat, ein Vogel. Beachten Sie, wohin der Schnabel zeigt. Aber wir müssen erst noch etwas im Haus untersuchen. Ich hatte Ihnen ja bereits angedeutet, dass es neben dem Gemälde noch ein weiteres, grundlegendes Indiz gibt, den Spiegel. Übrigens liefert das Bild auch dazu einen deutlichen Hinweis. Eine Idee vielleicht, Watson?«

Ich musste passen. Damit eilte er, ohne mich aufgeklärt zu haben, die langgezogene Treppe nach oben und machte vor Sir Edwards ehemaligem Raucherzimmer Halt. Holmes bedeutete mir, von jetzt an zu schweigen und für alle Fälle meinen Revolver griffbereit zu haben. Wir betraten den Raum und näherten uns dem kleinen Spiegel, der schon bei dem ersten Besuch auf Compton Lodge unsere Aufmerksamkeit geweckt hatte. Er trat erst nah an ihn heran, wandte sich jedoch wieder ab und ließ seinen Blick im Raum umherschweifen. Dann ging er zurück zum Spiegel und nahm ihn ohne zu zögern von der Wand. Tatsächlich befanden sich dahinter eine Einbuchtung und ein Druckknopf.

»Watson«, zischte er fast unhörbar und gab mir mit einer Kopfbewegung zu verstehen, dass ich den Knopf betätigen sollte, was ich auch tat. Es folgte ein schwaches metallisches Klicken, und ein Paneel der holzgetäfelten Wand sprang auf.

»Schnell«, sagte er leise und war auch schon durch den geheimen Eingang in den dahinter liegenden Raum verschwunden. Als ich diesen mit gezückter Waffe betrat, hatte mein Gefährte seine Lampe auf einen äußerst kleinen, rechteckigen Tisch gestellt. Meine Verwunderung kannte keine Grenzen, als ich bemerkte, dass man das Zimmer vollkommen mit Spiegeln ausgekleidet hatte. Es war schmal und lang, der einzige Gegenstand darin war der winzige Tisch. Holmes wies auf die Wände.

»Sagt Ihnen Katoptrik etwas?«

Zu meiner Schande musste ich gestehen, dass ich nur einmal in einem Zeitungsartikel über das Thema gelesen hatte.

»Geht es dabei nicht um Licht und Spiegel?«

»Sehr simplifiziert ausgedrückt, ja. Natürlich steckt deutlich mehr dahinter. Ist Ihnen der Jesuit Athanasius Kircher ein Begriff?«

»Wurde nicht ein Museum in Rom nach ihm benannt?«

»Bravo. Übrigens beherbergt das nach ihm benannte Kircherianum einige dieser so genannten Wunderkammern. Im Gegensatz zu dem Saal des Krieges und der Spiegelgalerie in Versailles, den 119 Spiegeln der Maria von Medici oder dem Festsaal des Erzbischofs von Sens, bei denen man vor allem auf architektonische Effekte setzte, hat Kircher weitergedacht.«

Als ich einen kurzen Blick auf einen der Spiegel im hinteren Teil des Raumes warf, starrte mich völlig unerwartet ein Tierkopf mit feurigen Augen an. Ich erschrak dermaßen, dass ich mich auf den Boden setzen musste. Ich schnappte nach Luft und schlug mit der Faust gegen den Brustkorb, weil ich das Gefühl hatte, mein Herz würde aussetzen.

»Hilfe, Holmes! Ein Racheengel, ein Racheengel mit glühenden Augen, oh Gott!«

Mein Gefährte legte mir die Hand auf die Schulter und sprach ermahnend auf mich ein. Er wies mich an, unter keinen Umständen aufzustehen und ruhig zu atmen.

»Schauen Sie auf den Boden oder lassen Sie die Augen geschlossen. Und geben Sie mir den Revolver, ich bin gleich wieder da.«

Meine Neugier war zu stark, als dass ich nicht mit halb zusammengekniffenen Augen seine Schritte verfolgt hätte. Mit einer schnellen Drehung wandte er sich ab, lief nah an den Wänden entlang und schien schließlich an der schmalen Rückwand des Zimmers fündig geworden zu sein. Er schob sie mit einiger Mühe zur Seite und es öffnete sich ein weiterer Raum. Es gelang mir aufzustehen und ihm nachzugehen. Holmes stand in einem karg, aber vollständig eingerichteten Zimmer samt Bett und Schrank. Mich überkam ein ungutes Gefühl.

»Die Vögel sind also ausgeflogen«, dozierte mein Freund.

»Sie wissen, um wen es sich handelt?«, fragte ich verblüfft.

Er verzog die Mundwinkel zu einem Lächeln, war aber in der nächsten Sekunde schon wieder vollkommen konzentriert und begann den Raum abzusuchen.

»Machen Sie sich nützlich, Watson. Kontrollieren Sie das Bett, den Boden, was auch immer. Ich werde mir den Schrank vornehmen.«

Ich beeilte mich mit meiner Aufgabe, die recht schnell erledigt war, denn der Boden war sauber und das Bett gemacht, aber seit längerem unbenutzt, da kalt und ein wenig klamm. Dies war wohl der Tatsache geschuldet, dass das Haus nicht beheizt wurde. Auch konnte ich nicht ein einziges Haar finden, was mich überraschte. Holmes hingegen hatte eine Reihe Ordner und Mappen aus dem Schrank geholt und vor sich auf den Boden gestellt. Er kniete davor und blätterte zügig die Seiten durch.

»Watson, sehen Sie im Schrank nach, ob darin noch etwas Anderes zu finden ist.«

Ich tat wie mir aufgetragen und fand tatsächlich in einem schmalen Spalt zwischen Schrankwand und Regalbrett eingeklemmt einen kleinen goldenen Anhänger, der die Gestalt eines Rabenvogels hatte, zu denen ja auch die Krähen zählen. Ich zeigte ihn Holmes, der ein kurzes »Ausgezeichnet, alter Junge« fallen ließ und gleich weiter in den Unterlagen blätterte.

»Einen Moment noch, Watson, dann haben wir alles, was wir brauchen. Manches stellt sich doch anders dar, als man es sich in seinem Kopf ausmalt.«

Er zog eine weitere schmale Mappe aus dem Ordner

und legte sie zu einer zweiten, die er bereits herausgesucht hatte, und bat mich ihm zu helfen, alles andere wieder ordentlich im Schrank zu verstauen.

»Wir müssen uns beeilen, mir nach! Eines noch, Ihr Blick weicht bitte nicht von meinem Rücken.«

Holmes schloss die Schiebetür hinter sich. Ich hatte den Eindruck, dass mich von allen Seiten Gesichter angafften. Wie schon zuvor wuchs der Druck auf meinen Brustkorb. Nur mit äußerster Disziplin gelang es mir, die Augen nicht den Spiegelwänden zuzuwenden. Holmes stand mitten im Raum und schien etwas zu suchen. Ich hatte das Gefühl, als würden mich die Spiegel wie Sirenengesänge verlocken wollen. Ich stürzte in meiner Bedrängnis an Holmes vorbei auf den Ausgang des geheimen Zimmers zu, konnte es jedoch nicht unterlassen, noch einen Blick auf einen der Spiegel zu werfen; zu meinem Entsetzen schien mir mein verstorbener Großvater ins Gesicht zu starren. Ich schrie auf, stürzte nach draußen, fiel zu Boden und verlor die Besinnung.

»Wie geht es Ihnen jetzt?«, wollte mein Gefährte wissen, nachdem er sich wohl schon eine Weile um mich gekümmert hatte.

»Besser, viel besser, aber ...«, ich deutete mehrfach auf das wieder hinter der Wand verschwundene Zimmer zu meiner Rechten.

»Es ist alles in Ordnung, mein lieber Watson. Sie haben sich mehr als tapfer geschlagen. Sind Sie bereit, noch einmal das Nebengebäude mit mir zu inspizieren?«

Ich nickte schwer. Holmes half mir aufzustehen und wies mich darauf hin, dass man mit solchen katoptrischen Räumen ganz außergewöhnliche Effekte erzielen könne, unter anderem durch das Präparieren der Spiegel. Und dass diese auf ihre ganz eigene Art eingesetzt worden seien.

»Katharsis, seelische Reinigung, mein lieber Watson. Modern formuliert würde man es eher die psychische Reinigung durch einen affektiven Schock nennen. Also, man erschüttert einen Menschen in seinem Innersten und reinigt ihn so.«

»Würden Sie die Güte haben und mir bitte erklären, was das mit unserem Fall zu tun hat?«

»Es hat mit Ihrer Vergangenheit und damit zwangsläufig auch mit unserem Fall zu tun.« Und nach einer kurzen Pause fügte er hinzu: »Sie waren schon einmal in diesem Raum.«

Mich traf die Erkenntnis weniger hart, als ich vorher angenommen hätte. Sollte dies tatsächlich das verschwundene Zimmer sein, von dem ich in meinem Delirium gesprochen hatte? Es schien durchaus möglich. Man hatte mich wohl in diesem Zimmer festgehalten. Aber warum? Ich konnte mir einfach keinen Reim darauf machen. Holmes hängte den Spiegel zurück an seinen Platz und klappte das Paneel wieder zu. Wir erreichten die Küche und verließen das Haupthaus von Compton Lodge so wie wir gekommen waren, nämlich durch das Fenster.

»Sie meinen, dass man versucht hat, mich zu ... reinigen? Das ist doch vollkommen absurd, Holmes«, setzte ich nach.

»Später, werter Freund, später.«

Holmes lief nah an der Hauswand in Richtung Nebengebäude, umrundete es und rückte bis zur Holztür vor, die er ja schon einmal, bei unserem ersten Besuch, durch das Anheben des Türblattes und einen festen Stoß geöffnet hatte. Er wiederholte den Vorgang; erneut sprang die Tür auf und Staub wirbelte auf. Wir warteten einen Moment und betraten den Innenraum. An der Stelle, wo wir bei unserem letzten Besuch den Keller entdeckt hatten, blieb er stehen und gab mir ein Zeichen, ihm zu helfen. Er flüsterte mir zu, dass, falls sich die Klappe dieses Mal öffnen lassen sollte, sie nur so weit wie unbedingt nötig anzuheben sei. Ein leises Eins-Zwei-Drei folgte und zu meiner Überraschung waren wir dieses Mal erfolgreich, jemand musste die Klappe von innen entsichert haben. Wir sahen in die Schwärze hinab.

»Von jetzt an kein Wort mehr.«

Die Treppe war breit und steil, der Keller gut und gerne acht Fuß hoch. Bald standen wir in einem rechteckigen, steinwandigen Raum, der als Lagerraum zu dienen schien. Holmes lief hin und her, leuchtete erst eine Kiste mit altem Werkzeug und dann einen recht ramponierten Kerzenleuchter an. Schließlich bewegte er sich zielstrebig auf zwei großflächige, gerahmte Gegenstände zu, die an einer der Wände lehnten.

»Watson, packen Sie mal mit an.«

119

Die beiden etwa dreißig Inch im Durchmesser großen Objekte stellten sich als Flachspiegel heraus.

»Habe ich es doch geahnt!«, stieß mein Gefährte aus, »Sie kennen doch sicherlich die außergewöhnlichen Leistungen des Euklid und des Heron von Alexandria? Ich habe, das nur am Rande, in meiner Zeit an der Universität eine Abhandlung über Spiegel geschrieben. Ich empfehle Ihnen die Kapitel zu eben diesen Gelehrten. Der Verlag Teubner in Leipzig hat sich übrigens zum Ziel gesetzt, die vorhandenen Schriften des Heron herauszugeben.«

»Ich hatte keine Ahnung, dass Sie ...«

»Kommen Sie Watson, schnell!«, flüsterte er mir zu. Holmes eilte zur Treppe und platzierte sich neben ihr, noch im gleichen Augenblick löschte er das Licht der Blendlaterne. Über uns wurden Schritte hörbar. Mit lautem Knall schloss sich die Luke und schien verriegelt zu werden. Kurz darauf flackerte wieder das Licht in der Laterne auf. Holmes versuchte die Luke aufzudrücken, aber auch mit meiner Hilfe war es ein vergebliches Unterfangen.

»Damit hatte ich nicht gerechnet, obgleich es zeigt, dass dieser Raum hier unten häufiger benutzt wird und man die Luke dann offen lässt. Sehr instruktiv, würde ich meinen. Nun gut, jetzt müssen wir eben anders vorgehen.«

Er begann das Gewölbe abzuschreiten, erst untersuchte er die Ecken, anschließend tastete er die Wände ab. Dabei sprach er leise vor sich hin. Ich saß auf dem

Rand der Werkzeugkiste, wartete ab und sah mich schon verhungern wie Indianer Joe in der verschlossenen McDouglas-Höhle in »Tom Sawyer«.

»Watson!«, zischte mein Gefährte mir zu.

Ich sprang auf. Meine Augen mussten sich erst an das düstere Licht gewöhnen. Holmes kauerte vor der gegenüberliegenden Wand, die Hände gegen einen mühlradgroßen Stein gelegt.

»Fassen Sie mit an, wir müssen dieses steinerne Monstrum ein Stück zur Seite bewegen.«

»Ist dahinter etwa ein Durchgang?«

»Oder ein kleiner Raum, in den wir uns dann zum Sterben zurückziehen können.«

»Wie überaus amüsant, Holmes.«

»Sie sind doch sonst nicht so empfindlich«, sagte er grinsend und stemmte sich mit dem Rücken gegen die Rundung. Ich fasste den Stein von oben. Gemeinsam gelang es uns, den Koloss Inch für Inch von der Stelle zu bewegen. Kalte Luft kam aus einem recht hohen, schmalen Durchgang. Er gab mir ein Zeichen voranzugehen. Ich machte die ersten Schritte in den Gang hinein, dann hielt mich etwas wie von Zauberhand zurück. So sehr ich es auch versuchte, es gelang mir nicht auch nur einen Schritt weiterzugehen. Ich stürzte zurück in den Keller, stand gebeugt da, die Hände auf die Knie gestützt und atmete schwer. Mein Gefährte legte mir seine Hand auf die Schulter.

»Entschuldigen Sie, Watson. Das hätte ich eigentlich ahnen müssen. Bleiben Sie hinter mir, ich gehe voran.«

»Einen Moment, ich bin noch nicht soweit.«

Schwerfällig kam ich hoch und drängte mich hinter ihm in den Gang hinein. Die Luft roch recht frisch. Erst ging es ein Stück geradeaus, dann ein paar Stufen nach unten und schließlich stieß Holmes eine morsche Tür auf. Helles Licht durchflutete den Eingang und blendete mich. Als es mir endlich gelang, mit vorgehaltener Hand etwas zu erkennen, traute ich meinen Augen kaum. Wir standen inmitten eines mittelalterlich anmutenden Klostergartens. Wo war Holmes? Plötzlich hörte ich einen dumpfen Schlag im hinteren Teil der quadratischen Gartenanlage. Als ich die Stelle erreichte, sah ich ihn in einem mannshohen, engen Loch liegen und sich den rechten Knöchel halten. Mit einiger Mühe und einem starken Seil, das über dem Ast eines in der Nähe befindlichen Baumes hing, gelang es mir, meinen Freund aus der Falle zu befreien. Ich half ihm, sich auf einen Baumstumpf zu setzen und untersuchte seinen Fuß.

»Sie haben Glück, die Schwellung ist nicht allzu stark und wie es aussieht, dürfte der Knöchel bei sachgemäßer Versorgung schon recht bald wieder voll belastbar sein. Lassen Sie uns nach Hause fahren, das Gelenk muss gekühlt werden.«

Abwesend schaute er in einen der Baumwipfel.

»Nein, Watson, wir bleiben. Kümmern Sie sich nicht um den Knöchel, der spielt jetzt keine Rolle. Sie werden meine Beine und Augen sein, denn immer dann, wenn man wenig oder gar nichts von Ihnen erwartet, übertreffen Sie sich meist selbst.«

»Holmes!«, rief ich getroffen.

»Ein kleiner Scherz. Sie vertrauen mir doch?«

Ich nickte unmissverständlich. Er sprach leise und bestimmt.

»Watson, gehen Sie zu dem Loch und steigen Sie hinein. Dort sollten Sie etwas finden, das Ihnen bekannt vorkommt. Zeigen Sie keine Reaktion und stecken Sie den Gegenstand unauffällig ein.«

Ich stand auf und näherte mich dem Erdloch, das für seine Tiefe recht schmal war. Nachdem ich das Seil an dem nahen Baum befestigt hatte, ließ ich mich hinunter. Es war kaum genug Platz, um sich zu bücken. Als ich schon aufgeben wollte, fiel mir ein kleiner glänzender Gegenstand auf, der direkt neben meinem rechten Fuß halb in den Boden gedrückt war. Ich hob ihn mit einer gleichgültigen Bewegung auf, ganz so, als würde ich den Boden abtasten.

Als ich wieder herausgekrochen war, stellte ich zu meinem Erstaunen fest, dass Holmes verschwunden war. Meine Verblüffung war so groß, dass ich mich setzen musste. Was hatte er mir gesagt? Dass wir nicht viel Zeit hätten und unter Beobachtung stünden. Ich nahm den Boden in Augenschein, wo er gesessen hatte, dann drehte ich eine Runde in dem verwilderten Garten. Es gab keine Möglichkeit, den ursprünglichen Weg zurückzugehen. Auf zwei der vier Seiten wurde der Garten durch ein Gebäude abgeschlossen. Ein massives Holztor versperrte den einzigen Zugang. Mein Versuch, es zu öffnen, blieb erfolglos. Die beiden anderen Seiten des Gartens waren durch hohe Mauern begrenzt, ich schätzte sie auf gut fünfzehn Fuß. Das Gebäude hatte Fenster, doch waren diese allesamt mit Fensterläden verriegelt. Wohin war er verschwunden? Zurück durch den Gang? Die Luke war verschlossen, ein Entkommen auf diesem Weg schien mir unmöglich. Und mit seinem verletzten Fuß hätte er in so kurzer Zeit nicht über die Mauer entkommen können. Ich lehnte an der Hauswand neben dem Tor und sah mich um. Instinktiv ging ich auf einen Baum im hinteren Teil des Gartens zu, der sich für meinen Ausbruch eignen könnte. Tatsächlich gelang es mir, ihn zu ersteigen und über einen starken Ast die Mauer zu erreichen. Zu meinem Erstaunen stellte ich fest, dass das außerhalb liegende Gelände genau an der von mir gewählten Stelle um einiges höher lag. Ein verantwortbarer Sprung von der Mauer befreite mich aus meinem Gefängnis, nur war ich jetzt alleine und ohne Gefährt unterwegs. Ich lief einen schmalen, rampenähnlichen Weg herunter und stand in einem Hopfenfeld. Ich zog das flache silberne Medaillon aus meiner Hosentasche. Es kostete mich einige Mühe, den Verschluss zu öffnen. Zu meiner Überraschung fanden sich darin zwei kleine, gefaltete Papiere, die ohne jeden Zweifel von Holmes stammten. Ich begann zu lesen:

Watson, wie Sie unschwer gemerkt haben, gehen wir erst einmal getrennte Wege. Ich vermute, dass Sie nicht so ungeschickt waren, das Medaillon im Klostergarten zu öffnen. Wie ich vorhin sagte, gerade wenn man es nicht von Ihnen

erwartet, schwingen Sie sich zu ungewohnten Höhen auf.
Sie haben hoffentlich den Fluchtweg über die Mauer
gewählt?

Plötzlich wurden Stimmen im Garten laut, jemand
fluchte. Ich zögerte keine Sekunde und hastete durch
das Feld der Küste entgegen. Als ich nach Luft schnap-
pend wieder auf einem Fußweg stand, konnte ich bereits das Schlagen der Wellen hören und den Geruch
des Meeres wahrnehmen. Ich ging weiter, sah mich
aber immer wieder um und kontrollierte, ob mir
jemand folgte. Immerhin trug ich den Armeerevolver
bei mir. Ich erreichte den Strand und setzte mich, um
weiterzulesen.

Gehen Sie durch das Hopfenfeld in Richtung Küste und
warten Sie dort, bis es dämmert. Dann laufen Sie nach
Süden in Richtung Landstraße. Mit ein wenig Glück wird
Sie jemand zum Pigeons Inn mitnehmen.

Den zweiten Zettel musste er schon vorab geschrieben
haben, denn die Schrift war deutlich besser lesbar.

Hier sind zwei Aufgaben für Sie, Watson. Es ist von funda-
mentaler Wichtigkeit für unsere Nachforschungen, dass Sie
Ihren Part perfekt spielen. Fragen Sie Jason Butler über das
Verschwinden seines Vaters aus. Erst wenn Sie das Gefühl
haben, dass er nichts mehr zu erzählen hat, geben Sie sich
zufrieden. Notieren Sie anschließend alles.

Und sprechen Sie mit Ihrem Kollegen Dr. Smithers. Warum ist Montgomery nach dem tödlichen Schlag noch ein paar Schritte gelaufen? Welche Theorie hat er dazu? Und wurde er bei seiner Untersuchung durch die Kirche behindert?

Lieber Freund, wie Sie unschwer bemerkt haben dürften, habe ich diesen Teil der Mitteilung an Sie verfasst, als ich draußen bei Jeffries auf Sie gewartet habe. Watson, es ist ein gefährliches Spiel. Lassen Sie sich auf keine weiteren Unternehmungen ein und bleiben Sie nach Möglichkeit nicht alleine, Ihr Leben könnte davon abhängen.

Noch eines, Pyrrhocorax pyrrhocorax! Der Privatsekretär Ihres Großvaters hat uns wesentlich mehr verraten, als ihm lieb sein dürfte. Es ist ein entscheidender Hinweis. Sie sind doch meiner Meinung?

Ich zähle auf Sie.

S.H.

XI. Allein auf weiter Flur

Er zählte auf mich. Ich sollte nicht alleine bleiben, aber auch Dr. Smithers und Butler befragen. Ich stand auf, ging zur Uferlinie und sah hinaus auf das dunkle, mächtige Meer. Was wurde hier gespielt? Immer wieder wies Holmes auf die Alpenkrähe hin, die jedoch nur weitere Verwirrung in meinem Kopf stiftete. Ich blieb noch eine Weile in Strandnähe, machte mich aber der zunehmenden Kälte wegen schon recht bald in Richtung Landstraße auf. Bereits nach zehn Minuten nahm mich ein Bauer auf seinem Karren mit. Gegen acht Uhr war ich wieder im Pigeons Inn und zog mich erst einmal auf mein Zimmer zurück, um mich frisch zu machen und aufzuwärmen. Als ich im Gastraum der Wirtsstube saß und mein Essen genoss, staunte ich nicht schlecht, als plötzlich Jason Butler die Tür hereinkam und mich fragte, ob er sich zu mir an den Tisch setzen könne. Hatte Holmes etwa dieses Treffen arrangiert, als wir ihm anlässlich der Ermordung seines Onkels begegnet waren? Butler orderte sich ebenfalls etwas zu essen. Nach einer Weile, die wir mit einer anregenden Plauderei über die Verhaftung des Stallburschen verbracht hatten, erinnerte ich mich an die dringende Bitte meines Gefährten und kam auf das Verschwinden von Butlers Vater zu sprechen.

»Was genau ist denn damals eigentlich vorgefallen?«

»Fünf Wochen nach dem Tod von Sir Edward fuhr mein Vater nach Compton Lodge, um etwas zu regeln. Er kümmerte sich ja um die Verwaltung des Nachlasses.«

»Bekam nicht die Kirche das gesamte Erbe überschrieben?«

»Es gab wohl ein paar Einzelheiten zur Übergabe des Anwesens zu klären, aber ich konnte bislang nicht herausfinden, welche.«

»Woher haben Sie die Information?«

»Aus einem Briefentwurf meines Vaters. Leider kann man daraus nicht ersehen, an wen er adressiert war. Mr. Holmes hat das Schriftstück bereits unter die Lupe genommen.«

Was für ein Spiel trieb mein Gefährte? Wenn er sich mit Butler dahingehend besprochen hatte, was sollte ich dann noch herausfinden? Ich saß eine Weile schweigend da, bis mich mein Gegenüber ansprach und nachfragte, ob denn alles in Ordnung sei.

»Sie müssen entschuldigen, aber die vielen Unternehmungen und die ausgezeichnete Landluft haben mich ein wenig müde gemacht. Sie hatten gerade von dem Tag berichtet, als Ihr Vater verschwunden ist.«

»Ja, richtig. Ich denke, er war der einzige Mensch,

dem Sir Edward vertraut hat. Wie schon gesagt, er ist am Morgen hingefahren und hat das Gut gegen drei Uhr mittags wieder verlassen, so zumindest hat es Andrew Jeffries berichtet. Zwischen den beiden Landsitzen liegen ja nur ein paar Meilen, aber er ist nie wieder aufgetaucht. Wie ist es möglich, dass jemand spurlos verschwindet?«

»Das ist natürlich ein unerträglicher Zustand.«

»Ich kann mich einfach nicht damit abfinden, in dieser Ungewissheit zu leben. Deshalb habe ich es mir zur Aufgabe gemacht, Licht in die Angelegenheit zu bringen.«

»Eine Sache würde mich noch interessieren. Die Polizei hat doch sicherlich nach ihm gesucht. Hat es denn wirklich keinerlei Hinweis gegeben?«, fragte ich weiter.

»Nein, sowohl seine Kutsche als auch die Unterlagen, die er an jenem Morgen dabei hatte, und natürlich auch er selbst waren wie vom Erdboden verschluckt.«

»Sind Sie denn vorangekommen mit Ihren Nachforschungen?«

Butler schüttelte resigniert den Kopf.

»Sherlock Holmes hat mir zugesichert, dass er alle Hebel in Bewegung setzen wird. Am meisten hat mich verwundert, dass er zufrieden darüber schien, nicht den Hauch einer Spur meines Vaters entdeckt zu haben. Merkwürdig, oder meinen Sie nicht, Doktor?«

»Er hat ab und an recht ungewöhnliche Ansichten und Verhaltensweisen, aber in den allermeisten Fällen gibt es einen sehr guten Grund dafür, wenn er sich entsprechend äußert.«

Ich trank einen Schluck Bier und wartete ab, ob er noch etwas hinzufügen würde. Mir kam der Fall des berühmten Rennpferdes Silver Blaze in den Sinn, das in der Nacht aus seiner bewachten Box verschwunden war. Holmes hatte sich damals über die außergewöhnliche Reaktion des Hundes im Stall gewundert. Ich war überaus verwirrt ob seiner Feststellung gewesen, denn das Tier hatte nicht angeschlagen. »Das ist ja so erstaunlich, Watson«, war seine Antwort gewesen. Hatte diese Episode etwas mit dem Verschwinden von Reginald Butler gemein? Warum empfand Holmes das Fehlen eines jeglichen Hinweises im Falle des Offiziers als erhellend? Fragen über Fragen, die ich nicht zu beantworten imstande war. Schließlich verließ mich Butler und ich beendete den Abend auf dem Bettrand sitzend mit einem Glas Portwein. Wie konnte Holmes in diesem Durcheinander an Ereignissen eine Spur erkennen und verfolgen?

Unser Ausgangspunkt und der Grund, warum wir die Reise nach Kent unternommen hatten, war meine undurchsichtige Vergangenheit, der familiäre Niedergang, wie es Holmes formuliert hatte. Mein Delirieren schien ein sicherer Hinweis dafür, dass etwas Traumatisches geschehen war. Dieses Familiendrama hatte sich vor ziemlich genau fünfundzwanzig Jahren ereignet. Kurz darauf starb mein Großvater und sein engster Vertrauter und Freund, Reginald Butler, der seinen Nachlass verwaltete, verschwand bald danach spurlos. Aber damit nicht genug.

Dann gab es den enthaupteten Pfarrer, den man vier Jahre später, ganz in der Nähe von Compton Lodge, am Strand gefunden hatte. Holmes hatte man damals hinzugezogen, um seine Meinung zu erfragen, aber nach der ersten kurzen Visite wurde ihm von Bischof Montgomery der Auftrag entzogen. Das lag mittlerweile einundzwanzig Jahre zurück. Und ebendieser Bischof wurde am gestrigen Morgen auf Whitstable Hall ermordet aufgefunden. Es brauchte nicht mehr, um einem die unmittelbare Bedrohung zu vergegenwärtigen. Wie noch hatte Holmes mir geantwortet, als ich fragte, ob der getötete Pfarrer etwas mit meiner Geschichte und dem aktuellen Todesfall zu tun habe?

»Überlegen Sie einmal nüchtern, Watson. Selbst in einer Großstadt wie London würde ich von einer Verbindung ausgehen, erst recht natürlich an einem Ort wie Canterbury. Zudem spielt die Kirche in allen Fällen eine Rolle. Compton Lodge fällt an die Kirche, ein Pfarrer wird erschlagen und der Bischof getötet. Muss ich noch mehr sagen?«

Als ich am nächsten Morgen aufwachte, klopfte wenig später Mrs. Brown an meine Tür. Sie brachte mir einen unbeschrifteten Umschlag, in dem ein Schreiben von Holmes steckte.

Mein lieber Watson, Sie haben sich lange und ausgiebig mit Butler unterhalten, ohne alle Register zu ziehen. Dennoch, gute Arbeit. Kümmern Sie sich bitte um das Gespräch mit Dr. Smithers. Ich habe mir erlaubt, Sie für den heutigen Morgen bei Ihrem Kollegen anzukündigen. Um zehn Uhr in seiner Praxis.

Und noch etwas. Laden Sie Butler bitte auf einen Spaziergang ein. Halb drei Uhr würde ich sehr begrüßen. Versuchen Sie ihn wenigstens eineinhalb Stunden von zuhause fernzuhalten. Das Wetter müsste mitspielen. Ich würde unbedingt einen Strandspaziergang vorschlagen. Sie haben doch den toten Pfarrer noch im Sinn, oder?

Ich zähle auf Sie, werter Freund.

S.H.

Es war gerade acht Uhr. Erst einmal ausgiebig frühstücken, dachte ich mir und informierte meine Wirtin darüber, dass ich in Kürze unten erscheinen würde. Holmes musste ganz in meiner Nähe sein, und doch hatte ich ihn nicht bemerkt. Ich würde vor meinem Besuch bei Dr. Smithers bei Butler vorbeifahren und mich für zwei Uhr bei ihm ankündigen. Wollte Holmes unbemerkt dessen Mutter oder das Personal befragen? Ich setzte mich noch einen Moment auf das Bett und sah hinaus in die diesige Morgenluft. Das Wetter setzte mir zu, die Feuchtigkeit, die Kühle, sowie die irrsinnigen nächtlichen Kutschfahrten. Was hatte Holmes vor? Es musste irgendein Indiz auf Whitstable Hall geben, das er zu finden hoffte. Ich konnte mir keinen anderen Grund für seine merkwürdige Bitte vorstellen. Admiral Butler hatte dort residiert, vielleicht war Holmes bei unserem letzten Besuch etwas aufgefallen. Ich würde meinen Auftrag gewissenhaft ausführen.

Ich dachte über die Bemerkung meines Gefährten nach, dass etwas in meiner Biografie keinen Sinn machte. Ich hatte in meiner frühen Jugend eine Privatschule besucht. Dann jedoch schienen meiner Familie die finanziellen Mittel ausgegangen zu sein, weshalb ich wohl, wie einige meiner Kollegen, als Arzt in die Armee ging. Holmes hatte Recht, da passte einiges nicht zusammen. Mit dem unangenehmen Gefühl im Herzen, um etwas betrogen worden zu sein, von dem ich gar nicht wusste, was es war, startete ich in den Tag.

Pünktlich um zehn Uhr traf ich bei Dr. Smithers ein, der im Zentrum Canterburys in der Nähe der St. Paul's Church in der Dover Street residierte. Der Polizeiarzt konnte eine sehr gut ausgestattete Praxis sein Eigen nennen. Eine charmante junge Dame, die den Empfang betreute, musste wohl schon informiert worden sein, denn sie nahm sich meiner an, noch bevor ich den Mantel hatte ablegen können. Sie schleuste mich an den Wartenden vorbei in eine Art Besprechungsraum, dem es nur an seinem Besitzer mangelte. Ich nahm Platz und nur kurze Zeit später trat Dr. Smithers durch die Tür; er war wahrlich ein Hüne von einem Mann, der selbst meinen Gefährten an Größe noch deutlich übertraf. Er kam auf mich zu und schüttelte mir kräftig die Hand. Ich war überrascht und erfreut ob seiner herzlichen Art.

»Dr. Watson, was genau kann ich für Sie tun? Mr. Holmes hat mich bereits informiert, dass Sie mir einen Besuch abzustatten wünschen.«

»Die Untersuchung von Montgomerys Leiche«, sagte ich bestimmt und kam ohne Umschweife zum Thema.

»Ich war ja, wie Sie wissen, am Morgen seines unglückseligen Todes auf Whitstable Hall. Und da Holmes und ich uns mit dem Verschwinden von Jason Butlers Vater beschäftigen, ist es natürlich von größtem Interesse für uns, ein paar Einzelheiten über die Autopsie seines getöteten Bruders zu erfahren. Falls Sie denn befugt sind, mir ein paar Details zu verraten.«

Dr. Smithers lächelte hintersinnig und strich sich über seinen Bart. Ich konnte nicht recht einschätzen, wie er meine Bitte auffasste. Er stand auf und ging zu einem antiken Möbel, das neben dem Fenster stand, zog einen kleinen Schlüssel hervor, der an seiner Uhrkette befestigt war, und öffnete die oberste Schublade. Eine braune Mappe kam zum Vorschein, in die er sich kurzzeitig vertiefte. Leicht seufzend setzte er sich wieder zu mir an seinen Schreibtisch.

»Äußerst schwierig, lieber Kollege«, ließ er fallen, nahm die Arme vor die Brust und presste die Lippen aufeinander. Es war offensichtlich, dass der Arzt zögerte. Smithers tat im Grunde nichts Unlauteres, natürlich hätte er auf seiner Schweigepflicht beharren können, aber unter Kollegen, die das gleiche Ziel verfolgten, schien mir meine Bitte nicht unangemessen. Außerdem lag es an ihm, was er mir erzählte. Dazu kam Holmes' guter Name. Dr. Smithers würde ja nichts in falsche Hände geben, wenn er denn etwas berichtete. Ich wartete geduldig und vermied tunlichst den Anschein zu erwecken, dass es mich störte, einfach nur dazusitzen. Schließlich räusperte sich der hünenhafte Arzt bedeutungsschwanger.

»Es gibt eigentlich nur eine Sache, die mir aufgefallen ist und eine gewisse Signifikanz haben könnte.«

»Ja?«, fragte ich vorsichtig dazwischen.

»Die Kopfwunde, verehrter Kollege. Es wurde dreimal zugeschlagen, zwei brutale Hiebe und ein deutlich schwächerer Schlag.«

»Sie meinen, es könnte sich um zwei Personen handeln?«

»Ich denke schon. Einer der Männer war gut sechs Fuß groß und hatte damit etwa die Größe von Montgomery. Er ist derjenige, der fester zugeschlagen hat. Der zweite Mann war ein ganzes Stück kleiner und hat den weniger harten und schneller ausgeführten Schlag angebracht. Und, er hat zuerst attackiert.«

»Das ändert natürlich alles«, sagte ich und wusste eigentlich nicht genau, was ich damit zum Ausdruck bringen wollte.

»Ist Ihnen sonst noch etwas aufgefallen, das von Wichtigkeit sein könnte?«

»Ja, beide Männer sind Rechtshänder. Ein Vertreter der Kirche beobachtete übrigens jeden meiner Handgriffe. Und den Bericht musste ich dem Bischof vorlegen.«

»Die Kirche schätzt es wohl nicht sonderlich, wenn man einen ihrer höchsten Würdenträger ermordet«, versuchte ich den Tatbestand herunterzuspielen.

»Da haben Sie ganz Recht. Dennoch war es eine höchst merkwürdige Situation. Ich kam mir vor wie während des Studiums«, sagte der Arzt lachend, »wissen Sie, ganz so wie damals, wenn einem der Professor über die Schulter geblickt hat.«

»Aber Ihre Arbeit wurde von dem Kirchenvertreter nicht weiter kommentiert?«

»Nein, und ich kannte den Mann auch nicht.«

Wenig später verabschiedete ich mich von Dr. Smithers und dankte ihm für die umfassende Auskunft. Es schien nur eine wesentliche Information zu geben, nämlich dass die Schläge, die den Bischof getötet hatten, wohl von zwei Personen ausgeführt worden waren. Holmes würde zufrieden sein mit meinen Erkenntnissen. Anschließend genehmigte ich mir einen Spaziergang über den Vorplatz der Kathedrale und eine warme Mahlzeit in einem der umliegenden Gasthäuser. Als ich schließlich mit dem Einspänner auf Whitstable Hall eintraf, führte mich eine Bedienstete zum Studierzimmer. Butlers Gesicht hellte sich bei meinem Eintreten merklich auf.

»Doktor Watson, schön, dass Sie da sind. Wie geht es Ihnen?«

»Ich kann nicht klagen. Es ist ja auch ein wenig wärmer geworden, und ab und an zeigt sich sogar die Sonne. Konnten Sie denn eigentlich ein wenig schlafen heute Nacht?«, fragte ich ihn, um im nächsten Schritt den Strandspaziergang vorzuschlagen.

»Ich lag erst einige Zeit wach, aber dann bin ich doch eingeschlafen. Die Ermordung meines Onkels hat uns sehr mitgenommen. Es ist der zweite Schicksalsschlag in der unmittelbaren Familie. Und zu allem kommt hinzu, dass meine Mutter ihren Mann bis zum heutigen Tage nicht hat begraben können.«

»Ja, das ist in der Tat eine fürchterliche Situation. Hoffentlich kommt Holmes dem Rätsel auf die Spur.«

Ich vermied es, ihn noch einmal auf die Stunden nach der Entdeckung von Montgomery anzusprechen, und schlug ihm einen Spaziergang vor, der Entspannung wegen. Er willigte ein und wir fuhren kurz darauf in Richtung Strand davon. Die Uhr zeigte Viertel nach zwei. Holmes konnte sich auf mich verlassen, resümierte ich zufrieden im Stillen. Butler schilderte mir, dass der Stallbursche in größten Nöten sei, da man bei dem Bischof ein Beweisstück sichergestellt habe, das den Jungen eindeutig belaste. Um was es sich denn handele, wollte ich wissen. Er wisse es nicht, da müsse ich mich an Inspektor Kingslay von der hiesigen Polizei wenden. Dass dies nicht der rechte Ansprechpartner war, konnte ich ihm natürlich nicht anvertrauen. Immerhin war es der Inspektor gewesen, der dem toten Montgomery etwas in die Tasche geschmuggelt hatte. Und ich vermutete, dass es um eben dieses für den Stallburschen offensichtlich verfängliche Objekt ging. Holmes war ja von der Unschuld des Burschen gänzlich überzeugt.

»Ich werde Kingslay aufsuchen und ihn um Auskunft bitten. Er wird wohl nichts dagegen einzuwenden haben.«

Der Wind zog vom Meer gen Landesinnere und wehte uns salzige Luft ins Gesicht. Auch wenn es nicht unbedingt angenehm war, tat die frische Brise wohl auf der Haut, und ich fühlte mich bestens. Ich schloss die Augen und lauschte den Wellen, die durch den Wind hindurch an mein Ohr drangen. Plötzlich erschien ein Bild vor meinem inneren Auge – ich sah ein unscharfes Gesicht, das sich von allen Seiten gleichzeitig auf mich zubewegte. Dann war es mit einem Mal ganz nah vor mir, riss den Mund auf und schrie, ohne dass man einen Ton gehört hätte. Ich öffnete die Augen und sah in Butlers besorgtes Gesicht, der mich schüttelte.

»Dr. Watson! Sir!«, rief er immer wieder.

Ich stieß ihn weg, entschuldigte mich jedoch sofort für mein Verhalten. Was denn passiert sei, wollte ich von ihm wissen.

»Ihr Oberkörper, Sie haben hin- und hergeschwankt, wie in Trance. Ich habe versucht mit Ihnen zu sprechen, aber Sie konnten mich nicht hören. Erst als ich Sie an den Schultern gepackt habe, sind Sie aufgeschreckt. Ihr Blick, Doktor, Sie sahen aus, als hätten Sie einen Geist gesehen.«

Die Situation war mir äußerst unangenehm, ich wusste nicht recht, was ich sagen, wie mein Verhalten erklären sollte. Ich schob eine Übelkeit vor, die mich überkommen hatte, während ich eingenickt war. Er fragte nicht weiter nach und so setzten wir unsere Fahrt fort. Die Kutsche erreichte eine Anhöhe, von wo aus sich ein atemberaubender Blick über die Dünen zum Meer hin offenbarte. Die abfallenden, sich zum Wasser hinziehenden Hügel, die karge und doch reizvolle Landschaft. Was für ein Anblick! Ich bat meinen Begleiter einen Augenblick anzuhalten. Das Naturschauspiel war überwältigend, die aufgerissene Wolkendecke ließ die Sonnenstrahlen an einigen Stellen auf die wild bewegte Wasseroberfläche treffen. Kein Schatz oder Geschmeide dieser Welt konnte eine solche Schönheit entfachen wie Gottes Schöpfung. Butler war vom Kutschbock gestiegen und fragte mich, ob wir den Spaziergang nicht von hier beginnen sollten. Ich stimmte freudig zu. Mit Wanderstöcken und Kappen samt warmen Mänteln ausgerüstet, liefen wir in Richtung Strand. Er berichtete aus seinen Jugendtagen, die zwar vordergründig glücklich verlaufen, aber dadurch getrübt geblieben waren, dass sein Vater nie wieder aufgetaucht war.

»Wissen Sie, Doktor, die Hoffnung, dass er zurückkommen und eines Morgens in der Tür stehen und alles wieder seinen normalen Gang nehmen würde, habe ich immer gehabt. Ich war überzeugt davon, dass, wenn ich nur fest genug daran glaubte, sich alles zum Guten wenden würde.«

»Ich vermute, dass dadurch Ihre Jugend anders war als bei Gleichaltrigen?«

»Genau so war es, Doktor. Wissen Sie, es ist die im Laufe der Jahre schwächer werdende Hoffnung, die man sich gegen jede Vernunft bewahrt und wie einen Funken in seinem Herzen trägt. Und andererseits diese sich immer mehr zur Gewissheit verfestigende Erkenntnis, dass er nicht wiederkommen wird. Man wird schneller erwachsen als andere Kinder und trägt eine Sehnsucht in sich, die einen regelrecht in den Bann zieht.«

»Und doch haben Sie Ihren Weg gemacht, mein lieber Butler. Das zeugt von unerschütterlichem Charakter.«

»Meine Mutter habe ich oft genug schluchzen und weinen gehört. Heute versuche ich nur noch, den Leichnam meines Vaters zu finden.«

»Den Leichnam?«

»Nach solch langer Zeit kann man nicht davon ausgehen, dass er noch lebt. Ich will mir nicht vorstellen, dass er sich einfach davongemacht hat. Das war den Erzählungen meiner Mutter nach auch nicht seine Art, Doktor. Aber ich will diesen dunklen Fleck des Ungewissen aus meinem Leben verbannen. Als sich Sherlock Holmes bei uns gemeldet hat, schien mir, als habe der liebe Gott Hilfe geschickt.«

Obwohl mich seine Worte bewegten, musste ich bei dem Gedanken schmunzeln, dass mein Gefährte der verlängerte Arm Gottes sein könnte. In den Fällen von Kapitän Croker oder Dr. Leon Sterndale hatte er das Gesetz zweifelsohne in seine eigenen Hände genommen, da er die beiden Täter ihrer Motive wegen laufen ließ. Aber er als Arm Gottes? Was für ein aberwitziger Gedanke. Um Butler ein wenig zu ermutigen, dachte ich erst daran, ihm etwas über meine eigene Vergangenheit zu berichten, doch erinnerte ich mich, dass Holmes bei unserer Fahrt nach Canterbury nicht weitererzählt hatte, als sich dieser wegen des Wolkenbruchs zu uns in die Kabine geflüchtet hatte. Ich schwieg also. Wir erreichten den Strand und liefen umher, noch immer windete es stark und die See war aufgewühlt. Auf einem großen Stück Treibholz ruhten wir nach unserer mehrstündigen Unternehmung aus und sahen auf das Meer hinaus. Endlich begann ich mich ein wenig zu erholen. Während unserer Wanderung hatte ich mich schließlich doch entschlossen, Butler, der sich als feinsinniger und aufmerksamer Gesprächspartner entpuppte, zumindest ein paar Details aus meiner Jugend zu berichten; ich hatte den Eindruck, er benötige Unterstützung. Nicht, dass ich davon ausging, ihm fehle es an Persönlichkeit oder Willensstärke, aber er suchte nach jemandem, der sein Problem ernst nahm. Ich konnte mit Fug und Recht behaupten, ihn in den wenigen gemeinsamen Stunden recht gut kennengelernt und ihm ein paar nützliche Ratschläge gegeben zu haben. Er hatte auch über seinen ermordeten Onkel willig Auskunft gegeben. Natürlich war dieser eine Art Ersatzvater gewesen, aber eine wirklich enge Beziehung hatte sich nie ergeben, auch wenn Montgomery alles in seiner Macht Stehende für seinen Neffen getan hatte. Sein Amt und den Dienst an der Anglikanischen Kirche hatte der

Bischof immer schon als die höchste ihm aufgetragene Aufgabe angesehen.

»Glauben Sie wirklich, dass Holmes das Geheimnis um meinen Vater und den Mord an meinem Onkel wird aufdecken können?«, fragte mich mein Begleiter eindringlich.

»Ich bin überzeugt davon. Man kann ohne Übertreibung sagen, dass er einmalige Fähigkeiten besitzt.« Er sah mich an und lächelte.

»Wissen Sie eigentlich, dass es wegen des Schmuggels in Sussex und Kent eine Unzahl von geheimen, kaum bekannten Höhlen in Küstennähe gibt?«, wechselte er das Thema.

»Ach, tatsächlich? Ich kenne nur die gängigen Geschichten darüber.«

Wie sich herausstellte, wusste Butler bestens Bescheid, er berichtete von Schätzen, die man darin gefunden habe. Auch die Historie der Schmuggelei sowie deren berühmteste Vertreter waren ihm ein Begriff.

»Die Kirche selbst hat noch bis vor einigen Jahren aktiv nach solchen Reichtümern gesucht. Mein Onkel hat mich übrigens damit vertraut gemacht, als Bischof war er natürlich über die Vorgänge informiert. Ich durfte als Jugendlicher sogar ein paar Mal an Erkundungen teilnehmen. Die Kirche hat diese Aktivitäten leider eingestellt. Ich bin dann der »Gesellschaft zur Erforschung der Höhlen in Kent und Sussex« beigetreten. Ich reite mein Steckenpferd, um es einmal im Bild von Laurence Sterne auszudrücken.«

Ich war überrascht ob seiner literarischen Kenntnis, denn Butler hatte für mich auf den ersten Blick etwas Grobes, Schlichtes ausgestrahlt. Wir plauderten auf dem Rückweg zu unserer Kutsche noch ein wenig über die Besonderheiten der Region. Ich fühlte mich regelrecht geborgen; die mir im Herzen vertraute Landschaft, das recht raue, aber doch angenehme und gesunde Klima. Nichts kann einen Menschen mehr zu sich selbst führen als die natürliche Umgebung, in der er aufgewachsen ist, dachte ich mir. In meinem Fall traf dies zweifelsohne auf die südenglische Küste zu. Wir fuhren zu Whitstable Hall und nahmen noch einen Brandy im Raucherzimmer. Als ich mich aufmachte, war es bereits dunkel, die Fahrt zurück zum Pigeons Inn genoss ich in vollen Zügen.

XII. Déjà vu?

Als ich gegen halb acht den Gastraum betrat, saß Holmes zu meiner freudigen Überraschung bereits in der Nähe des offenen Kamins und machte Notizen. Als ich jedoch zu ihm an den Tisch kam, klappte er das Büchlein zu und ließ es in seiner Brusttasche verschwinden.

»Watson? Ich bin … überrascht, Sie zu sehen.«

Mir fiel sein Zögern auf, aber seine ab und an höchst ungewöhnlichen Verhaltensweisen, die ich in Momenten ebenso schätzte wie verabscheute, ließen mich nicht darauf eingehen. Ich erinnerte mich daran, wie er dem nervlich völlig verstörten Percy Phelps den verloren geglaubten Flottenvertrag beim Frühstück von Mrs. Hudson in einer abgedeckten Terrine servieren ließ.

»Was haben Sie also zu berichten?«, fuhr er fort.

Ich legte ihm meine Unternehmungen seit seinem Verschwinden haarklein auseinander. Holmes hatte dabei die Fingerspitzen aneinandergelegt und wie so häufig die Augen geschlossen; nur gelegentlich und ohne jede Ankündigung stellte er kurze, präzisierende Fragen, die ich jedoch fast ausnahmslos beantworten konnte.

»Und Butler? Wie würden Sie seinen Charakter ein-schätzen?«

Ich erzählte ihm von dessen Steckenpferd und seinen begeisterten Berichten über die Höhlen der Region. Auch die Gesellschaft, die sich die Entdeckung und Pflege dieser Höhlen zur Aufgabe gemacht hatte, fand in meinem Bericht Erwähnung.

»Das sind ausgezeichnete Neuigkeiten, mein Lieber. Sie hatten nicht zufällig einen Rückfall?«, fragte er mich vollkommen unerwartet.

Für eine kurze Zeit war ich sprachlos, dann brach es aus mir heraus.

»Holmes! Ich mühe mich um eine exakte Schilde-rung, und Sie haben uns womöglich mit Hilfe eines Fernglases beobachtet.«

»Ich versichere Ihnen, dass ich keinen Fuß in Küsten-nähe gesetzt, noch dass ich Ihnen in irgendeiner Weise aufgelauert habe.«

»Aber wie konnten Sie das wissen?«

»Watson, das ist einfaches logisches Denken gepaart mit ein wenig Psychologie. Das muss ich Ihnen doch wirklich nicht erklären, mein teurer Freund. Es ist ganz so, als würde man eine Situation schon einmal erlebt haben. Émile Boirac, ein algerisch-französischer Arzt, hat das Phänomen erstmals erwähnt. Ich habe seine Abhandlung darüber gelesen und ihm geschrieben. Meinen Vorschlag, das Phänomen ›Déjà vu‹ zu nennen, hat er im Übrigen dankend aufgegriffen. Auf Sie bezo-gen heißt es nichts weiter, als dass sich Ihr traumatisches Erlebnis wegen der starken Ähnlichkeit zu bestimmten Ereignissen erneut ankündigt. Und schon zeigen Sie eine ähnliche Reaktion. Was gibt es denn daran nicht zu verstehen?«

Ich sah ihn ungläubig an. Déjà vu? Natürlich hatte ich schon davon gehört. Aber es bedeutete vor allem eines, er wusste wesentlich mehr über meinen Zustand und verheimlichte es mir. Ich war verärgert, denn ich hatte den Eindruck, dass er mit meinem Unglück spielte, was ich als unerträglich empfand.

»Eigentlich sollte ich aufstehen und gehen, aber man gewöhnt sich im Laufe der Zeit an Ihre ausgeprägte Ignoranz.«

Er sah mich einen Augenblick verdutzt an, wollte etwas antworten, schwieg jedoch und wartete darauf, dass ich mit meinem Bericht fortfahren würde.

»Ich hatte tatsächlich einen kurzen Rückfall während der Fahrt an den Strand. Butler musste mich schütteln, damit ich wieder zur Besinnung gelangte. Holmes, wie lange wollen Sie dieses Theater noch spielen?«

»Kein Theater, Watson. Wenn Sie wüssten, was für eine ausgezeichnete Arbeit Sie vollbracht haben. Man kann sich absolut auf Sie verlassen, in jeder Beziehung.«

Ein schwaches Lächeln flog über meine Lippen.

»Wie gehen wir jetzt weiter vor?«, wollte ich von ihm wissen, »es scheint eine schier unendliche Zahl an ungeklärten, ja geradezu mysteriösen Ereignissen zu geben.«

Er streckte den Zeigefinger in die Luft und sagte nur »Hierarchie«.

»Eine Ordnung der Ereignisse.«

»Es gibt zwei Ereignisstränge in diesem Fall«, fuhr er fort.

»Ein einziger Fall?«

»Soweit ich es überblicken kann, ohne jeden Zweifel.«

»Wollen Sie damit andeuten, dass selbst mein Verschwinden damals mit dem Tod von Bischof Montgomery heute in Verbindung steht?«

»Watson, nicht unmittelbar, aber der Brennpunkt des Interesses ist seit Jahrzehnten derselbe.«

»Und der wäre, Holmes?«

»Sie kennen doch den Gordischen Knoten. Nehmen wir einmal an, dass Gewalt nicht die Antwort ist, also das Durchschlagen des Knotens. Kennen Sie auch die gewaltfreie Lösung? Nämlich das Herausziehen des Pflocks. Was würde das Ihrer Meinung nach für unseren Fall bedeuten?«

»Wir müssten die eigentliche Ursache erkennen, um die richtigen Schlüsse daraus zu ziehen.«

»Exakt, mein Lieber! Ich war im Archiv von Scotland Yard und habe nach stundenlangem Suchen herausgefunden, dass, etwa ein halbes Jahr bevor Ihr Großvater seine Familie nach Compton Lodge geladen hat, ein unersetzbarer Goldschatz aus der Kathedrale von Canterbury gestohlen worden war. Und als ich die Namen der Verdächtigen durchgegangen bin, hat sich der Schleier sogleich gelichtet.«

»Aber der Schatz ist zurück?«

»Ja, nur wurde der Dieb nie gefasst.«

»Und ich kenne ihn?«

Er sah mich vielsagend an.

»Sie denken doch wohl nicht im Ernst, dass mein Bruder oder mein Cousin mit diesem Diebstahl etwas zu tun haben könnten? Die beiden waren doch erst Anfang zwanzig.«

»Die beiden?«, fragte er und sah mich erstaunt an.

»Was soll das heißen, Holmes? Wollen Sie mir etwa unterstellen, dass ich damit etwas zu tun haben könnte?«

»Natürlich nicht, aber denken Sie nicht so engstirnig.«

Ich winkte ab.

»Wir sollten morgen früh um neun Uhr auf dem Präsidium bei Inspektor Kingslay in Canterbury vorstellig werden. Ich habe einige interessante Entdeckungen auf Whitstable Hall gemacht und werde ihm etwas auf den Zahn fühlen. Das wird nicht ohne Konsequenzen bleiben, auch für uns nicht.«

»Lassen Sie uns zu Bett gehen. Ich will von dieser Angelegenheit wenigstens in den nächsten Stunden nichts mehr hören.«

XIII. Die Kingslay-Rochade

Die Turmuhr schlug das neunte Mal, als wir das Präsidium betraten und von Kingslay selbst in Empfang genommen wurden. Nach einer kurzen, förmlichen Begrüßung führte er uns in sein Büro, das zum Garten hin lag und einen Balkon hatte. Er bot uns Tee an, den Holmes, wie nicht anders zu erwarten war, ablehnte. Somit blieb es bei zwei Tassen für den Inspektor und für mich. Unser Gastgeber wirkte aufgeräumt und abgeklärt, als könne ihm nichts und niemand etwas anhaben. Nachdem wir einen Schluck getrunken hatten, begrüßte er uns noch einmal freundlich und wollte wissen, warum Holmes um diese Unterredung gebeten habe. Mein Gefährte zog wortlos eine kleine Schachtel aus seiner Westentasche und stellte sie ungeöffnet auf den Tisch. Kingslay beugte sich nach vorne und warf einen Blick darauf.

»Soll das ein Scherz sein, Mr. Holmes?«

Mein Gefährte ging nicht darauf ein, sondern öffnete die Box. Der Inspektor schaute sie ein zweites Mal an.

»Was soll das? Die Box ist leer.«

»Sie wissen doch besser als jeder andere, was Sie in

149

Montgomerys linke Hosentasche gesteckt haben, um den Stallburschen zu belasten.«

Mit einer solchen Attacke hatte ich nicht gerechnet.

»Das ist eine ungeheuerliche Unterstellung!«, fauchte Kingslay.

Holmes nickte und nahm die Schachtel wieder an sich. Der Inspektor schien nicht recht zu wissen, wie er reagieren sollte. Ich meinte zu beobachten, dass er sich zusammennehmen musste, um nicht die Beherrschung zu verlieren. Mein Gefährte blickte hinaus in den Garten des Innenhofs und vermittelte den Eindruck, als habe er vollkommen ausgeblendet, dass sein Gegenüber noch im Raum war.

»Sie kennen die Anklage, Inspektor?«, fragte er plötzlich.

»Was soll dieses unsinnige Gerede? Natürlich kenne ich die Anklage, ich leite den Fall. Ihr theatralisches Getue können Sie gerne mit meinen Kollegen beim Yard veranstalten. Sie beide gehen jetzt besser.«

Wir waren schon an der Tür, als sich Holmes noch einmal zu Kingslay umdrehte.

»Mit dieser Finte werden Sie den armen Jungen nicht an den Galgen bringen. Suchen Sie sich ein anderes Opfer für Ihre Machenschaften.«

Damit eilte er an mir vorbei und war sogleich auf der Treppe. Ich hatte erwartet, dass Kingslay uns wutentbrannt folgen würde, aber nichts dergleichen geschah. Warum hatte Holmes das getan? Sein Verhalten war eine offene Kriegserklärung. Wir erreichten unsere Kutsche und preschten durch die Straßen von Canterbury, bis wir schließlich vor einem Pub Halt machten.

»Ich hoffe ernstlich, dass Sie wissen, was Sie tun. Das war ein Affront allererster Güte.«

»Watson, wie sicher fühlen sich Entscheidungsträger, wenn sie ohne Skrupel jemandem ein falsches Indiz unterschieben? Und von wem kam die Order? Entweder wir provozieren eine Konfrontation, von der nur wir den Sinn und Zweck kennen, oder wir spielen das Spiel mit und haben keine Handhabe, so wie das in den letzten Jahrzehnten schon mehrfach der Fall gewesen ist.«

»Gut, Sie haben den Fehdehandschuh geworfen und diktieren also von jetzt an das Geschehen. Aber wissen wir denn wirklich genug, um so vorgehen zu können?«

Holmes verzog den Mund und zuckte dann mit den Schultern.

»Sie zwingen also, wen auch immer, zum Handeln. Ich kann nur hoffen, dass Ihnen klar ist, was Sie tun«, insistierte ich.

»Sie müssen und sie werden reagieren. Nichts anderes hilft uns weiter.«

Wir betraten den noch recht leeren Pub, der erst gereinigt worden war, denn der im Raum hängende Rauch vermischte sich mit dem Geruch des Putzmittels zu einer strengen, unangenehmen Mischung. An der Theke stand zu meiner Überraschung Inspektor Bradstreet und trank einen Grog. Er begrüßte uns mit einem leichten Kopfnicken, als wir auf zu ihm zukamen.

»Und, haben Sie Ihren Zug gemacht, Mr. Holmes?«, wollte er von uns wissen.

»Der Ball ist im Spiel. Sie wissen, was zu tun ist? Denken Sie daran, dass unter keinen Umständen auch nur der leiseste Verdacht aufkommen darf, dass wir Kontakt haben. Hängen Sie sich an Kingslay. Wenn es etwas zu berichten gibt, hinterlegen Sie eine Nachricht im Pigeons Inn. Es wird ein gefährliches Unterfangen, aber ich sehe keine andere Möglichkeit, diese Bruder-schaft zu sprengen.«

»Eine Bruderschaft?«, fragte ich ungläubig nach.

»Es kommt noch einiges auf uns zu, glauben Sie mir. Wir wissen von Kingslay, Smithers, Jeffries, Slight und Montgomery, den man jedoch eliminiert hat. Unge-wöhnlich, oder?«

Bradstreet nickte nur.

»Sie können auf mich zählen. Erst wollte ich Ihnen das nicht abnehmen, aber die Beweise sind hieb- und stichfest. Wenn ich mir vorstelle, dass ein Inspektor einen Unschuldigen durch falsche Indizien an den Galgen zu bringen versucht.«

Er ballte seine Faust, hielt aber inne und nickte uns wissend zu.

»Ich wünsche den Herren einen erfolgreichen Tag.«

Damit wandte er sich in Richtung Tür und verließ den Pub. Mein Gefährte nahm sein Notizbuch heraus und schrieb die Uhrzeit nieder, es war elf Uhr fünfzehn.

»Lassen Sie uns zur Kathedrale fahren. Beginnen wir also mit dem Schatz, der im Jahre 1874 gestohlen wurde und wie von Geisterhand eineinhalb Jahre danach wieder aufgetaucht ist.«

Holmes ließ den Hansom in der King's Street halten, die eine Straßenecke von der Kathedrale entfernt lag. Schnellen Schrittes und wegen der hochgezogenen Krägen samt Schals und Mützen kaum zu erkennen, waren wir schon kurz darauf in dem imposanten Gotteshaus verschwunden. Er wies mir den Weg zum nördlichen Seitenschiff, von wo aus eine Treppe hinunter zur Krypta führte. Hier standen wir vor einem schweren Gittertor.

»Sie wollen doch nicht etwa hier … am helllichten Tag?«

»Nein, Watson«, er schien sichtlich amüsiert, »dieser Ort ist sehr gut gesichert, es würde selbst einen nicht unwesentlich befähigten Experten wie mich einige Zeit kosten, hier einzudringen. Ich wollte Ihnen einfach etwas sehr Wesentliches demonstrieren, das in der letzten Konsequenz nur eine Lösung zulässt. Sie denken doch auch, dass es einige Erfahrung, das rechte Werkzeug und Zeit brauchen würde, um diese Tür zu öffnen?«

Ich stimmte zu und wollte von ihm wissen, was sich denn in der Krypta verbarg.

»Von dort aus gelangt man in die Schatzkammer, wo sich – wie ich bereits erwähnte – Silber- und Goldgeschirr und ein bedeutender Goldschatz befindet, der zudem von unersetzlichem ideellen Wert für die Anglikanische Kirche ist. Jetzt, da wir den Ausgangspunkt aller Ereignisse fest im Auge haben, können wir endlich mit der Beweisaufnahme beginnen. Wohin also?«

Ich wusste nichts zu antworten. Holmes stürmte die Treppen nach oben. Es war wirklich kaum zu glauben, welche Energie er in bestimmten Situationen zu entwickeln imstande war. Als ich neben ihn an den Fuß der Kanzel trat, sah er mich an und sagte mit ernster Stimme:

»Die Konstellation ist wirklich eine außergewöhnliche. Kommen Sie, Watson, die Jagd ist eröffnet.«

XIV. Pfarrer John S. Minster von Broad Oak

»Wohin jetzt, Holmes?«, fragte ich ihn, als wir, in einer Kutsche sitzend, zurück zu unserem eigenen Gefährt gebracht wurden.

»Nach Broad Oak. Sie erinnern sich doch an den Geistlichen, der mit gespaltenem Schädel am Strand in der Nähe von Herne Bay gefunden wurde? Der Pfarrer von Broad Oak wird uns sicherlich ein paar Details über seinen ermordeten Kollegen John S. Minster verraten können. Sie wissen ja, wie das auf dem Land üblicherweise abläuft. Selbst wenn er kein Interesse am Schicksal seines Vorgängers gehabt hat, ist ihm doch einiges über ihn von seiner Gemeinde zugetragen worden.«

»Je weniger Interesse er gezeigt hat, desto mehr hat er erfahren«, fügte ich lachend hinzu.

»Genau, mein Lieber, so ist es!«

Wir fuhren in nordöstliche Richtung und kamen recht bald auf die Broad Oak Road, die wenige Meilen außerhalb Canterburys in Richtung Meer abbog und uns in das Dorf brachte. An der Durchgangsstraße lag linker Hand das Pfarrhaus. Holmes achtete darauf, die Kutsche in einem schmalen Weg abzustellen, der von der Straße nicht direkt einzusehen war. Wir klopften an die Eingangstür und eine ältere, zerbrechlich aussehende, zuvorkommende Dame öffnete uns die Tür. Es war zweifelsohne die Pfarrhaushälterin. Sie stellte sich als Mrs. Laud vor, bat uns herein und bemerkte, dass Pfarrer Stepright nur kurz in die Kirche gegangen sei, um etwas vorzubereiten. Wir könnten derweil in seinem Studierzimmer warten, sie bringe uns etwas Tee.

Es dauerte nicht einmal zehn Minuten, bis ein ebenfalls ergrauter, dicklicher Mann in die Stube trat und uns freundlich lächelnd begrüßte. Gleich hinter ihm ging Mrs. Laud, die auch für den Pfarrer eine Tasse vorbereitet hatte, was dieser mit einem Schmunzeln registrierte.

»Sie nehmen doch auch Tee?«, bemerkte sie und stellte die Tasse vor ihn, noch ehe der Kirchenmann hatte antworten können. Es dauerte ein paar Minuten, bis alle Geschirrteile zu Mrs. Lauds Zufriedenheit platziert waren, dann begutachtete die alte Dame noch einmal deren Anordnung und verließ das Arbeitszimmer. Wir stellten uns kurz vor. Dem Pfarrer war Holmes' Name ein Begriff, und er beglückwünschte ihn zu seinen Erfolgen. Nach einem Moment des Wartens wollte er wissen, was wir denn genau zu erfahren hofften. Mein Gefährte ergriff das Wort.

»Pfarrer Stepright, ich muss mich entschuldigen, dass wir uns nicht vorab angemeldet haben, aber wir sind auf einer kleinen Tour durch Kent, und da ich vor langen

Jahren einmal mit der Aufklärung eines Falls betraut war ...«

Der Geistliche hob die Hand.

»Sie möchten etwas über den unglückseligen John S. Minster erfahren. Nun, ich wollte damals eigentlich nichts über die Umstände seiner Ermordung wissen. Aber wie es eben so geht, je weniger man fragt, desto mehr wird einem erzählt. Es scheint ein schreckliches Geheimnis mit seinem Tod verbunden zu sein, so zumindest heißt es hier im Dorf. Er wurde erschlagen, ein paar Meilen von hier, am Strand von Herne Bay.« Dabei deutete er mehrfach mit dem Arm in die entsprechende Richtung.

»Er war noch recht jung und gut angesehen bei den Gemeindemitgliedern. Niemand konnte sich erklären, weshalb er einen solch schrecklichen Tod erleiden musste, es traf alle hier völlig überraschend.«

»War er denn schon lange in der Gemeinde gewesen?«

»Lassen Sie mich überlegen. Nein, er war nur etwa zwei Jahre in Broad Oak gewesen. Wenn ich mich nicht täusche, hat er vorher in Canterbury seinen Dienst verrichtet.«

»Aber Sie können mir nicht zufällig sagen, wo?«

»Warten Sie. Vielleicht kann ich Ihnen diese Frage beantworten.«

Er ging zu seinem Sekretär, öffnete die Klappe und holte ein schwarz eingebundenes Heft heraus.

»Ich habe mir dann schließlich doch Notizen gemacht, nachdem die Erzählungen meiner neuen Gemeindemitglieder einfach nicht weniger wurden. So konnte ich ihnen wenigstens das Gefühl geben, dass ihre Worte Gewicht hätten.«

»Im Nachhinein betrachtet, stimmt das vielleicht sogar«, bemerkte Holmes mit nachdenklicher Miene.

Der Pfarrer blätterte erst eine Weile und las dann an verschiedenen Stellen, bis er schließlich den Zeigefinger auf einen Absatz legte.

»Hier! Meine Erinnerung hat mich nicht getäuscht, Canterbury. Und zwar war er einer der Pfarrer, die für unsere Kathedrale zuständig waren.«

Natürlich sah ich, wie sich das Gesicht meines Gefährten unmerklich entspannte; es schien die von ihm erhoffte und wohl auch erwartete Information zu sein.

»Wäre es Ihnen möglich, dass Sie mir das Heft für ein paar Tage anvertrauen würden? Ich kann Ihnen versichern, dass es im Dienste der Wahrheit eingesetzt wird.«

Der grauhaarige ältere Herr lächelte wie ein gutherziger Schäfer, der unerschütterliches Vertrauen in seine Herde hat und legte Holmes das Heft in die Hand. Dann schenkte er uns Tee nach und wir tranken diesen in nahezu beseelter Stimmung. Als wir uns schließlich verabschiedeten, sah Stepright meinen Freund kurz und eindringlich an, legte ihm die Hand auf die Schulter und ließ vollkommen beiläufig fallen:

»Ich habe mich schon immer gefragt, was sich John Minster zu Schulden hat kommen lassen, dass man ihn auf solche Weise gerichtet hat.«

Holmes flüsterte dem alten Mann etwas zu, der daraufhin nickte. Dann öffnete er die Tür und entließ uns nach draußen. Es sah nach Regen aus, der Himmel war von schweren Wolken durchzogen und die Luft deutlich wärmer als die letzten Tage. Vielleicht würde es am Nachmittag gewittern.

XV. Der Himmel öffnet seine Pforten

»Eine üble Sache, Watson«, begann Holmes das Gespräch, nachdem wir Broad Oak bereits hinter uns gelassen hatten. Wir waren auf dem Weg zurück ins Pigeons Inn, um uns ein wenig auszuruhen, die Lage abzuschätzen und unser weiteres Vorgehen zu planen.

»Minster wurde also getötet, weil er mit dem Diebesgut etwas angestellt hat?«, mutmaßte ich.

Er antwortete nicht, sondern blickte nur kurz zu mir und widmete seine Aufmerksamkeit wieder der holprigen Landstraße. Ein erneutes starkes Gewitter würde die Schlaglöcher weiter vergrößern, aber noch schienen keine Ausbesserungsarbeiten vonnöten zu sein. Ich versuchte es ein zweites Mal.

»Mein Cousin Walter und der Pfarrer Minster?«

»Ja, Watson, und es spricht vieles dafür, dass diese Bande noch weitere Mitglieder hatte. Offiziell sind sie nie gefasst worden, wie mir Bradstreet versichert hat, zumindest gibt es keine Akten darüber.«

»Der Goldschatz kann doch nicht einfach wieder in die Krypta gelegt worden sein?«

»Sie werden es nicht glauben, aber man hat ihn in einem Leinensack auf der Treppe des Bischofssitzes gefunden. Erstaunlich, nicht wahr?«

»Wie ein Findelkind! Das macht doch keinen Sinn.«

»Nein, das tut es wirklich nicht.«

»Woher wissen Sie das alles?«, wollte ich von ihm wissen.

Er ignorierte meine Frage und fing an darüber zu philosophieren, wie hoch die Wahrscheinlichkeit sei, dass es innerhalb der nächsten Stunde zu einem Wolkenbruch komme. Wir bogen auf die Eingangsstraße nach Fordwich ein. Am Ende des Dorfes lag unser Gasthof. Mich ließ die Frage nicht los, woher Holmes die Informationen hatte, vor allem, wenn es keine Akten darüber bei der Polizei gab? Als wir die Kutsche abgestellt hatten und das Inn betraten, war schon das erste grollende Donnern zu hören. Mein Gefährte schlug vor, uns zurückzuziehen, was wir auch taten. Nachdem wir uns frisch gemacht hatten, öffneten wir die Balkontür, warfen uns Decken über und setzten uns im Zimmer auf zwei Stühle. Der Regen peitschte regelrecht vom Himmel und immer wieder zuckten Blitze durch die Luft.

»Was fragten Sie mich vorhin, Watson? Ach so, ja. Woher ich die Informationen über die Bande habe? Sie waren anwesend, mein Lieber, als ich sie fand. Aber kommen wir zu dem eigentlichen, deutlich wichtigeren, weil aktuellen Fall: der Tod des Bischofs. Ihn sollen zwei Männer erschlagen haben, das behauptet zumindest Dr. Smithers. Ich kann dieser These nicht zustimmen. Wenn überhaupt, dann hat jemand bewusst versucht, diesen Eindruck zu vermitteln. Aber selbst soweit würde ich nicht gehen wollen.«

Ich verstand nicht, worauf er anspielte.

»Die Schläge sind, wie ich Ihnen ja bereits angedeutet habe, höchst instruktiv und sprechen eine deutlich Sprache. Nur muss man sie richtig zu deuten wissen. Unser Mörder verrät einiges über seinen Charakter, wenn ich das einmal so sagen darf.«

Es klopfte an unserer Tür. Holmes sprang auf, ging an unseren Schrank und zog völlig überraschend meinen Armeerevolver heraus und steckte ihn mir zu. Ich entsicherte ihn und ließ das Schießeisen unter der Decke verschwinden.

»Einen Moment noch«, rief Holmes und sah mich kurz mit ernster Miene an. Ich war verwirrt, doch es gelang mir, mich zu fangen. Mein Gefährte riss die Tür auf; ich weiß nicht, wen er erwartet hatte, aber er schien sichtlich erleichtert, Jason Butler dort stehen zu sehen.

»Kommen Sie doch herein!«

Ich begrüßte unseren Gast ebenfalls. Holmes stellte einen Stuhl in unsere Mitte und bat Butler, sich zu setzen. Dieser sah müde aus.

»Ist alles in Ordnung mit Ihnen?«, wollte ich wissen.

»Es geht mir wieder besser, die Ermordung meines Onkels hatte mich sehr mitgenommen. Haben Sie denn schon eine Spur?«, fragte er und wandte sich an Holmes.

»Eine Spur vielleicht, aber die Zusammenhänge sind sehr komplex«, gab ihm dieser zur Antwort.

»Konnten Sie etwas über meinen Vater herausfinden?«

Holmes zögerte einen Moment, was mir zeigte, dass er mehr wusste, als er zu sagen gewillt war.

»Sie werden in Kürze die ganze Geschichte erfahren, gedulden Sie sich noch ein wenig.«

Butler schien ein wenig enttäuscht, fing sich aber gleich wieder.

»Die Sache mit unserem Stallburschen bedrückt mich, ich kann mir einfach keinen Reim darauf machen, warum er meinen Onkel ermordet haben soll. Wissen Sie, dieser Bursche ist gottesfürchtig. Einen hochrangigen Mann der Kirche zu töten, das scheint mir bei ihm nahezu ausgeschlossen. Können Sie denn nichts für ihn tun, Mr. Holmes?«

»Machen Sie sich keine Gedanken, er ist unschuldig, und das werde ich auch beweisen.«

Der berühmte Detektiv hatte seinen Blick nach draußen auf das Unwetter gerichtet und zeigte keine Regung. Butler sah mich fragend an. Wir schauten ebenfalls hinaus in das nun abflauende Gewitter. Schließlich stand mein Gefährte auf und ging ohne etwas zu sagen auf den Balkon hinaus.

»Haben Sie Zeit, um mit nach Compton Lodge zu kommen? Wir müssten uns gemeinsam etwas ansehen«, rief er unserem Gast zu.

»Wenn es Ihnen bei den Nachforschungen hilft, natürlich.«

»Sehr gut! Wir machen uns in fünf Minuten auf den Weg. Butler, Sie fahren mit uns.«

Es gelang mir, die Waffe ungesehen vom Stuhl in meinem Mantel zu manövrieren. Wen hatte Holmes erwartet? Sicher nicht Jason Butler. Mich verunsicherte die Vielzahl an offenen Fragen zunehmend. Was war damals auf Compton Lodge geschehen? Und wieso war Admiral Butler von der einen auf die andere Sekunde spurlos verschwunden, ohne dass es auch nur einen Hinweis auf ihn gegeben hatte? Was war das für eine Bruderschaft, die wohl offenkundig in Verbindung mit der Kirche stand und der, wenn ich meinen Gefährten richtig verstanden hatte, auch Andrew Jeffries angehörte?

Hatte mein Großvater etwas damit zu tun, oder gar der Admiral? Meine Vermutungen wurden zugegebenermaßen immer aberwitziger. Holmes hatte angedeutet, dass er wisse, wie die Fäden miteinander verwoben seien. Was nur war der Grund, dass er mit Butler ein weiteres Mal Compton Lodge aufsuchen wollte?

Es hatte aufgehört zu regnen, als wir auf die Straße traten. Wenig später bog der Detektiv auf dem Kutschbock sitzend mit dem Einspänner um die Ecke. Als wir das Anwesen erreichten, hielt er dieses Mal auf dem Vorplatz und ließ die Kutsche weithin sichtbar dort stehen. Wir stiegen ab und liefen um das Haus herum, bis wir zu dem bereits mehrfach erwähnten Küchenfenster kamen. Butler hatte mit zwei schnellen Griffen die Holzplanke entfernt und das Fenster geöffnet. Wie schon die beiden Mal zuvor drangen wir durch die Küche ins Haus ein. Holmes entzündete seine Blendlaterne und ging auf direktem Weg in den ersten Stock in Sir Edwards Raucherzimmer. Er blieb neben dem Spiegel stehen und wartete, bis Butler zu ihm aufgeschlossen hatte.

»Können Sie mir etwas darüber sagen?«

»Nein, ich könnte Ihnen weder sagen, wie alt er ist, noch was er für eine Funktion erfüllt.«

»Sie gehen richtigerweise davon aus, dass er eine Funktion erfüllt.«

»Warum sonst würde er noch hier hängen?«

Etwas am Verhalten meines Freundes machte mich stutzig, wollte er Butler testen? Schließlich nahm Holmes das antike Stück von der Wand.

»Einfach und naheliegend. Und dennoch wäre ich nicht darauf gekommen«, bemerkte unser Begleiter.

»Ich habe schon einmal lange davorgestanden, aber ohne eine Idee zu haben, was zu tun ist. Jetzt habe ich einfach gehandelt, und es hat funktioniert«, log mein Gefährte und drückte den Knopf in der Wandvertiefung. Es klickte und wie schon beim ersten Mal klappte eines der Paneele auf.

»Ich gehe voran«, sagte der Detektiv, griff nach der Lampe und verschwand in dem geheimen Zimmer. Butler sah mich ein wenig ratlos an und folgte Holmes schließlich. Es brauchte einen Moment, bis mir klar wurde, dass ich in jedem Fall die Waffe griffbereit haben sollte. Als ich durch die Tür treten wollte, hörte ich einen Aufschrei und einen lauten Knall, bei dem sowohl ein Teil der Spiegel als auch die Lampe zu Bruch gegangen sein mussten, denn auf einmal war es stockdunkel. Ich ging zur Seite und zog meine Waffe; ich hatte erwartet, dass entweder mein Gefährte Entwarnung geben oder Butler aus dem Zimmer gerannt kommen würde, aber nichts geschah.

»Holmes!«, rief ich in die Stille, »Holmes, ist alles in Ordnung?«

Ich konnte auf keinen Fall ohne Licht hineingehen. Was war mit Butler? Auch er reagierte nicht auf mein Rufen. Nach und nach gewöhnte ich mich an die Dunkelheit, und es war mir möglich, die Konturen des Zimmers zu erkennen. Ich tastete mich die Treppe hinunter in die Küche, wo ich auf einem der Fensterbretter einen Kerzenstummel und Streichhölzer fand. Wieder zurück vor dem geheimnisvollen Zimmer zündete ich die Kerze an und betrat es mit dem entsicherten Revolver im Anschlag. Der Boden war mit Scherben übersät und inmitten dieser lag bewusstlos mein Freund und Gefährte. Ich blieb stehen und kontrollierte den Raum – die Tür, die den hinteren Teil des geheimnisvollen Zimmers verbarg, war noch oder wieder verschlossen worden. Die Spiegel auf der gegenüberliegenden Längsseite der Wand waren teilweise zerschlagen worden. Butler musste in dem kleinen angrenzenden Raum sein. Ich beugte mich, die Schiebetür im Auge behaltend, zu Holmes herunter und kontrollierte eine kleinere blutende Kopfwunde, die ohne jeden

Zweifel durch das herumfliegende Glas verursacht worden war. Das Hämatom auf seiner Stirn war beachtlich und schien von einem schweren Gegenstand herzurühren. Ich zog den Bewusstlosen hoch, schüttelte ihn leicht und versetzte ihm abwechselnd kurze Schläge auf die rechte und linke Wange. Plötzlich sagte er in ruhigem, bestimmten Ton: »Watson, Sie können jetzt aufhören, sonst bekomme ich zu dem Bluterguss auch noch eine Gehirnerschütterung.«

»Was ist passiert?«, fragte ich ihn flüsternd.

»Helfen Sie mir erst einmal auf.«

Er sah sich um und deutete auf die Schiebetür.

»Sind Sie sicher, dass er dort ist?«, wollte ich wissen.

»Wir sehen natürlich nach, aber ich denke nicht, dass er das Versteck kennt. Als Sie unten waren, wird er die Gelegenheit genutzt haben, um davonzulaufen.«

»Davonzulaufen? Sie meinen, er hat Sie nicht willentlich bewusstlos geschlagen?«

»Nein, Watson, das hat er nicht. Ich hatte ihm dummerweise die Lampe gegeben und der katoptrische Effekt hat ihn die Fassung verlieren lassen. Butler hat um sich und auf die Spiegel eingeschlagen, mich dabei getroffen und vermutlich vollkommen verstört dagesessen, bis er glaubte, fliehen zu können. Vor wem oder was auch immer. Wir werden ihn sicherlich auf Whitstable Hall antreffen.«

Holmes ließ sich die Kerze geben und öffnete die Schiebetür. Wie er angenommen hatte, war der Raum unberührt.

»Hatten Sie eine solche Reaktion von Butler erwartet?«

»Schon, aber nicht in diesem Ausmaß. Leider wissen wir nicht, was er in den Spiegeln gesehen hat. Vielleicht seine Vergangenheit.«

»Wie meinen Sie das?«

»Kommen Sie, Watson. Wir dürfen keine Zeit verlieren.«

Wir stiegen die Treppe hinunter, Holmes unter Schmerzen, die er zu verbergen suchte, und verließen das Anwesen wie die Male zuvor durch das Küchenfenster.

»Ich würde gerne einmal den Haupteingang benutzen«, bemerkte ich, als wir den Vorplatz erreichten.

»Das kann ich womöglich einrichten, mein guter alter Freund. Was jedoch im Augenblick deutlich schwieriger sein dürfte, ist eine Fahrgelegenheit für uns zu finden.«

Er zog seine Taschenuhr heraus.

»Acht Uhr vorbei, das sieht nach einem langen und ungemütlichen Fußmarsch aus. Wir können aber auch aus der Not eine Tugend machen«, er ging auf die Tür des Nebengebäudes zu und stemmte sie auf, »und richten uns gleich hier bequem ein und warten.«

»Worauf wollen Sie denn warten?«, fragte ich ihn erstaunt.

»Auf die Mitglieder der Bruderschaft, deren Erkennungszeichen Sie dankenswerter Weise aus dem Schrank geholt haben. Es ist im Übrigen die Alpenkrähe eines verstorbenen Mitglieds, die man wohl nicht mehr auffinden konnte.

»Dieser goldene Anhänger?«

»So ist es. Ihre Fähigkeiten in englischer Geschichte können mit Ihrem sechsten Sinn beim Suchen nicht konkurrieren, mein Lieber. Sie haben dieses Tier, wie zweifelsohne jeder Schüler im englischen Königreich, schon einmal gesehen. Watson, wenn ich Ihre Aufmerksamkeit noch einmal auf den enthaupteten Pfarrer lenken darf.«

»Das Wappen von Thomas Becket« platzte ich heraus, »die drei Krähen mit den roten Schnäbeln!«

Holmes lächelte vielsagend.

»Oh, mein Gott. Sie töten den Pfarrer, ganz wie Becket von den Rittern in der Kathedrale erschlagen worden war.«

»Genau, mein lieber Watson. Das heißt für uns, dass diese Leute vor nichts zurückschrecken werden, wenn sie die Kirche zu verteidigen suchen. Wie Becket damals. Allerdings unter umgekehrten Vorzeichen, denn sie richten und werden nicht gerichtet.«

»Und wir wissen also wirklich, wer die Herren sind?«

»Wenn man den Unterlagen von Bischof Montgomery glauben darf, dann schon.«

Holmes schloss die Tür und setzte sich auf eine Bank am Fenster, von der aus er den Vorplatz im Visier hatte.

»Und Sie sind überzeugt, dass sie sich treffen?«

»Es liegt nahe, Watson. Versetzen Sie sich in deren Lage, Montgomery wird ermordet, und Sie wissen, dass der Stallbursche nicht der Mörder ist.«

»Inspektor Kingslay gehört ja auch dazu.«

»Organisationen, die über Generationen bestehen, haben immer das Bestreben, wichtige Positionen im gesellschaftlichen Gefüge mit Leuten aus den eigenen Reihen zu besetzen.«

»Sie haben demnach die Konfrontation mit ihm heute Morgen bewusst inszeniert und sind davon ausgegangen, dass sich die Bruderschaft hier treffen wird.«

»Das Einzige, was mir Sorge bereitet, ist, dass wir Butler aus den Augen verloren haben. Ich habe seine Reaktion in dieser Heftigkeit nicht erwartet. Wie ich schon sagte, die Mär von dem Fluch von Compton Lodge, die hier in der Gegend kursiert, wurde bewusst gestreut, um die Landbevölkerung von dem Anwesen fernzuhalten. Jeffries hat ja meinen Köder geschluckt und beim Vorspielen seiner Angst ungewollt viel mehr preisgegeben, als ihm lieb sein dürfte.«

»Also werden sie sich hier treffen. Holmes, ein wahres Meisterstück, ich muss Ihnen gratulieren.«

»Warten Sie ab, was noch auf uns zukommt. Wenn sie sich im Spiegelzimmer treffen sollten, haben wir ein ernstes Problem. Ich hatte Bradstreet eine Nachricht im Pigeons Inn über unseren Aufenthaltsort hinterlegt, aber das ist natürlich keine Gewähr, dass er dort heute Abend auftaucht. Ich hätte ihm besser ein Telegramm geschickt, aber das schien mir zu gewagt mit Kingslay in seiner Nähe.«

Ich wollte zur Antwort ansetzen, als Pferdegetrappel laut wurde und ein Zweispänner vorfuhr. Es dauerte nur wenige Augenblicke und ein weiterer traf ein. Man konnte nicht viel erkennen, denn das Mondlicht drang nur vereinzelt durch die Wolkendecke. Vier Personen konnte ich ausmachen, die sich kurz begrüßten und auf das Portal des Haupthauses zugingen. Holmes forderte mich auf, ihm zu folgen. Er trat aus der Tür und näherte sich, an der Wand entlang schleichend, dem Eingang. Die Männer waren bereits im Flur des Hauses und bewegten sich auf die Treppe zu.

»Ist Ihnen jetzt klar, warum ich bei unserem ersten Besuch den Boden im Haus untersucht habe?«

Mein Gefährte schien unschlüssig, ob er den Männern folgen sollte. Entgegen meiner Vermutung machte er kehrt, ging zu einer der Kutschen und hob mit einer schnellen Bewegung eine schwarze Decke an, die die rechte Kabinentür verdeckte. Dann lief er zu der zweiten und deutete mir an, zu ihm zu kommen.

»Freiheit und Frieden der Kirche. Ha!«, Holmes lachte kurz auf. »Steigen Sie ein, Watson.«

Im selben Moment war er schon auf dem Kutschbock. Es gelang mir gerade noch, mich zu setzen, dann trieb er auch schon die Pferde zu einem wilden Galopp an. Kurz darauf hatten wir den Zufahrtsweg hinter uns gelassen und fegten regelrecht über die Landstraße. Ich hegte keinen Zweifel, dass man unsere Verfolgung aufnehmen würde. Doch weit gefehlt. Holmes schlug zu meiner Überraschung nicht den Weg nach Fordwich ein, sondern war in Richtung Canterbury unterwegs. Er lenkte die Kutsche nicht ins Zentrum, sondern fuhr in einen der Außenbezirke und hielt schließlich vor dem Pub, in dem wir am Morgen Bradstreet getroffen hatten. Als ich aussteigen wollte, signalisierte er mir zu warten.

»Ich denke, dass wir hier richtig sind.«

Er verschwand in die Bar und kam ein paar Minuten später mit dem Inspektor zurück. Die beiden gesellten sich zu mir in den Innenraum.

»Dr. Watson, ich war in Sorge, dass etwas passieren würde, aber glücklicherweise sind Sie beide«, dabei blickte er meinen Gefährten an und schüttelte den Kopf, »beinahe unbeschadet zurück. Allerdings hat Butler wohl dieses geheime Zimmer verwüstet.«

»Jetzt weiß die Gruppe, dass man ihr auf der Spur ist. Das macht die Sache natürlich nicht einfacher. Haben Sie die andere Sache erledigt, um die ich Sie gebeten habe, Inspektor?«, wechselte Holmes das Thema.

»Es ist alles in die Wege geleitet. Wie lange, meinen Sie, wird es noch dauern, bis wir zum großen Schlag ausholen?«

Holmes sah auf seine Uhr, die zwanzig vor neun zeigte.

»Noch ziemlich genau einhundert Minuten. Watson, ich habe Ihnen ein Zimmer ganz in der Nähe, im St. George Hotel reserviert. Bradstreet wird Sie hinbringen, ich muss noch ein paar Dinge durchdenken und vorbereiten. Wären Sie beide so gut?«

Damit öffnete er die Tür und komplimentierte uns nach draußen. Ich war mittlerweile so durcheinander, dass es mir regelrecht angenehm war, nicht in seiner Nähe zu sein.

»Seien Sie pünktlich, Bradstreet!«, sagte Holmes und schloss die Kabinentür hinter sich.

»Ist Ihr Freund eigentlich immer so?«, fragte mich der Inspektor ein wenig ungläubig, als wir auf halben Weg zum Gasthof waren.

»Wenn er kurz vor der Lösung eines komplizierten Falles steht schon, ja. Das Beste ist dann, ihm aus dem Weg zu gehen und gegebenenfalls nicht hinzuhören, wenn er seine beißenden Bemerkungen macht.«

Das St. George Hotel tauchte vor uns auf; es lag am Ende der Straße, war klein und von einer schlichten Eleganz, die mich ein wenig mit der zunehmenden Verwirrung versöhnte. Ich ließ mir den Schlüssel geben, dankte dem Inspektor für die Begleitung und ging auf mein Zimmer. Nachdem ich mich ausgezogen und gewaschen hatte, legte ich mich aufs Bett, um ein wenig auszuruhen. Eine bleierne Müdigkeit überkam mich und mir fielen die Augen zu.

XVI. Die Kathedrale von Canterbury

Als ich erwachte, blieben mir noch ein paar Minuten, um pünktlich zum Treffpunkt mit Bradstreet vor dem Hotel zu gelangen. Da ich die Toilette in weiser Voraussicht schon erledigt hatte, trat ich also um Viertel vor zehn auf der Straße, wo schon eine Kutsche auf mich wartete, in deren Kabine der Inspektor saß.

»Haben Sie etwas Ruhe finden können, Doktor?«

»Ich bin ganz gut erholt. Aber der Aufenthalt hier zehrt doch ziemlich an meiner noch angeschlagenen Gesundheit. Wohin geht die Fahrt denn?«

»Zur Kathedrale, Holmes hat wohl etwas im Sinn. Nur wir beide sollen zu ihm ins Kirchenschiff kommen. Er hat mich ausdrücklich darauf hingewiesen, keine Kollegen der hiesigen Polizei zu verständigen. Wir werden also völlig auf uns gestellt sein.«

Ich entschied, Bradstreet, soweit es mir möglich war, ins Vertrauen zu ziehen. Viele Details musste ich auslassen, vor allem weil ich nicht wusste, wie diese zu bewerten waren. Als der Kutscher schließlich stoppte und wir zur Kathedrale gingen, entdeckte ich den von uns auf Compton Lodge entwendeten Zweispänner am Rande des Vorplatzes. Wir betraten die Kirche durch ein Seiten-portal, das Holmes nach mehrfachem Klopfen öffnete.

»Und Watson, fühlen Sie sich bereit für den letzten Akt?«

»Wenn diese Odyssee tatsächlich mit dem heutigen Abend endet, wäre mir das sehr recht.«

Er führte uns zu der Treppe, die in die westliche Krypta führte. Ein paar im Kellerraum verteilte Kerzen waren entzündet worden, die ein gleichmäßiges, aber recht schwaches Licht erzeugten. Dann wies er uns auf zwei runde, etwa dreißig Inch im Durchmesser große Spiegel hin, die der Detektiv so aufgestellt hatte, dass sie ein Betrachter, wenn er am vergitterten Eingang der Krypta stand, nicht sehen konnte. Er rieb sich beinahe vergnügt die Hände.

»Holmes, das sind die beiden Flachspiegel aus dem Keller von Compton Lodge!«

»So ist es, mein Lieber. Wie Sie sehen, habe ich nach meinem Verschwinden einiges zu tun gehabt. Kein leichtes Unterfangen kann ich Ihnen sagen. Einen Moment noch«, sagte er und drehte einen der beiden Spiegel bis zu einer Markierung, die auf dem Boden ein-gezeichnet war.

»Kommen Sie, wir haben keine Minute zu verlieren. Die Mitglieder dieser Bruderschaft werden in Kürze hier auftauchen. Wir brauchen eine strategisch günstige Position.«

Er ließ uns vorangehen und bat darum, uns nicht mehr umzudrehen.

»Zu welchem Zweck haben Sie das hier aufgebaut?«, wollte Bradstreet wissen.

»Ein optischer Effekt, der unsere Besucher zusätzlich irritieren soll.«

Wir stiegen die Stufen nach oben und standen vor dem Altarbereich. Holmes sah sich um, deutete auf die Eingänge sowie auf verschiedene Stellen im Kirchenschiff. Dann zeigte er auf die Kanzel.

»Von dort oben sollten wir alles im Blick haben.«

Es dauerte nur wenige Minuten, dann öffnete sich das Seitenportal, durch das uns bereits Holmes eingelassen hatte. Ein einzelner Mann betrat die Kirche und verschwand lautlos im Schatten einer der Säulen des Mittelschiffs. Er war von meiner Position aus nur schlecht zu erkennen, schien mittleren Alters und gut trainiert zu sein. Ich vermutete, dass mein Gefährte jemanden zur Unterstützung hatte kommen lassen. Dann geschah eine ganze Weile nichts – wir lauerten wie auf einem Hochsitz. Die Turmuhr schlug zehn und schließlich halb elf. Auch der Mann im Schatten der Säule schien völlig regungslos zu warten. Bradstreet sah mich mit ungläubigem Gesichtsausdruck an; es war ihm deutlich anzumerken, dass er am liebsten aufgestanden wäre, um dieser Farce ein Ende zu bereiten. Holmes schien zu ahnen, was im Kopf des Inspektors vorging, denn er hob mahnend den Zeigefinger.

Endlich, es musste etwa zwanzig Minuten vor elf gewesen sein, knarrte das Hauptportal und vier Männer betraten das Kirchenhaus. Ihre Gaslampe drehten sie nur so weit auf, dass man ihre Umrisse erahnen konnte. Sie verharrten noch einen Moment im Eingang und schienen sich zu beraten. Dann lief je einer von ihnen durch den Mittel-, beziehungsweise die Außengänge in Richtung Altar. Der vierte wartete in der Nähe des Portals. Die Männer gingen langsam und hielten Blickkontakt zueinander. Holmes war, soweit ich dies in der Dunkelheit erkennen konnte, bis aufs Äußerste gespannt und schien jeden Moment die Stufen herunterstürmen zu wollen. Dann schien der Mann im rechten Gang den offenen Zugang zur westlichen Krypta entdeckt zu haben und forderte seine Begleiter auf, zu ihm zu kommen. Nach einer kurzen Diskussion herrschte Stille, schließlich stiegen drei von ihnen nach unten und einer blieb zurück, um den Eingang zu bewachen. Holmes begann leise, aber zügig die Stufen der Kanzel nach unten zu steigen, Bradstreet folgte. Der einzelne Mann, der sich im Schatten der Säulen versteckt hatte, musste sich von der Seite an die Krypta herangepirscht haben und schlug den Wachposten, noch bevor dieser reagieren konnte, nieder. Dann zog er ihn behände auf die Stufen und schloss die schmiedeeiserne Tür hinter sich.

»Beeilen Sie sich, Bradstreet, sonst geschieht ein Unglück«, rief Holmes dem Inspektor zu. Ich für meinen Teil war erst auf der Hälfte der Treppe, als mein Gefährte bereits am Eingang zur Krypta angelangt war. Die Tür sprang auf und Bradstreet drängte sich an

Holmes vorbei, um in den Keller der Kathedrale zu gelangen.

»Scotland Yard«, hallte es aus dem rundbogigen Abgang, »Sie sind verhaftet.«

Holmes war direkt hinter ihm, als ein Schuss abgefeuert wurde. Jemand schrie auf, dann herrschte Stille. Ich entsicherte meine Waffe und rannte die Stufen hinunter. Dort sah ich nur, wie einer der Männer der Bruderschaft offenkundig von einer Kugel getroffen am Boden lag und dem einzelnen Mann, von dem ich gedacht hatte, er wäre von Holmes zu unserer Verstärkung abgestellt worden, von Inspektor Bradstreet die Waffe aus der Hand genommen wurde.

»Ich bin Arzt, gehen Sie zur Seite«, rief ich und kniete mich neben das Opfer. Schon der erste Blick verriet mir, dass es keine Hoffnung mehr gab für den Mann. Der Archidiakon Franklin Slight war von Jason Butler durch einen Kopfschuss getötet worden.

XVII. Der Pflock im Gordischen Knoten

Gegen Mitternacht konnten wir endlich die Kathedrale verlassen. Dr. Smithers, obgleich Mitglied der Bruderschaft, hatte in seiner Funktion als Polizeiarzt offiziell den Tod des Archidiakons festgestellt. Auch war der Coroner Mr. Minges, wie schon bei Montgomerys Ermordung, zum Ort der Tragödie gekommen. Es stellte sich heraus, dass Erzbischof Lanning dies mit Holmes abgesprochen und erbeten hatte. Die Fäden sollten dieses Mal gleich in der Hand der weltlichen Judikative liegen. Wir fuhren zurück zum Pigeons Inn und setzten uns mit einem Brandy und warmen Decken auf den Balkon.

»Es sind so gut wie alle offenen Fragen geklärt, mein lieber Watson. Ich denke, dass wir selten einen Fall hatten, der so undurchsichtig war wie dieser.«

»Ich weiß im Übrigen immer noch nicht, was mit mir …«

»Richtig, das muss zuallererst aufgerollt werden. Sollten Sie ermüden, sagen Sie mir bitte Bescheid. Ich möchte diese unglückselige Geschichte nicht zweimal erzählen müssen.«

»Das Adrenalin und Ihre ungehobelte Art werden mich schon wachhalten, Holmes.«

Natürlich reagierte er nicht auf meine Bemerkung, sondern begann mit seinem Bericht.

»Ich hatte Ihnen gestern gesagt, dass ein ganz bestimmtes Ereignis diese ganzen Wirren ausgelöst hat, nämlich der Raub des Goldschatzes aus der westlichen Krypta. Und der Drahtzieher dieser Tat war niemand anderes als Ihr Cousin Walter.«

»Aber er war doch erst Mitte zwanzig? Und woher wissen Sie das so genau?«

»Ich hatte die Möglichkeit, die Unterlagen der Bruderschaft einzusehen, die in dem geheimen Zimmer hinter dem Spiegelraum lagerten.«

Dabei griff er eine der grauen Mappen, die neben ihm auf dem Boden lagen und blätterte darin.

»In jedem Fall war Walter schon in jungen Jahren ein Meister seines Fachs. Ich habe mich mit Leverton von der Pinkterton-Detektei in Verbindung gesetzt. Ihr Cousin ist ein berühmter Juwelendieb, der bis zum heutigen Tage das seltene Kunststück vollbracht hat, noch nie auf frischer Tat gefasst worden zu sein. Da Ihr Großvater ein enger Vertrauter des damaligen Erzbischofs und auch des zu diesem Zeitpunkt noch recht jungen Bischofs Montgomery war, hat man den Plan mit der Erbschaft geschmiedet, um Ihren Cousin Walter, Ihren Bruder Henry und Sie selbst nach Compton Lodge zu locken. Ich gehe davon aus, dass man noch nicht wusste, wer von Ihnen am Raub in der Kathedrale beteiligt war. Fakt ist, dass Cousin Walter die Gefahr schnell genug erkannt hat und noch in der Nacht geflohen ist. Wie es Ihrem Bruder gelungen ist, jede Schuld oder Mitwisserschaft überzeugend auf Sie abzuwälzen, hat er wohl mit ins Grab genommen. Ein Trauma, das er übrigens nie überwunden und wofür er nach jahrelanger Trunksucht mit dem Leben teuer bezahlt hat.«

Mein Gefährte schwieg und blickte in den fast sternenklaren Himmel. Wären wir doch nur schon wieder zurück in der Baker Street und hätten diese Reise nie angetreten, dachte ich mir. Er unterbrach meinen Gedanken.

»Nein, Watson. Diese Geschichte musste ein für alle Mal aufgeklärt werden. Es zehrt an Ihnen, und die Ungewissheit kann schmerzlicher als die Wahrheit sein.«

Erneut vergingen ein paar Minuten, bis er weitersprach.

»Unter Umständen weiß Jeffries als Mitglied der Bruderschaft mehr darüber zu berichten. Bislang hat er allerdings nur wenig Wahres gesagt, vor allem die Erzählung über Ihren Besuch auf Compton Lodge dürfte im Wesentlichen erfunden sein. Dass mit Jeffries etwas nicht stimmte, war mir schon bei seinem Besuch in der Baker Street klar geworden. Auch in diesem Fall hat der Privatsekretär Ihres Großvaters seine Rolle zu gut spielen wollen. Sie erinnern sich an meine Frage, ob Sir Edward an dem fraglichen Abend noch einen Kaffee genommen habe. Sie entbehrte jeder

Grundlage. Jeffries bejahte sie, was ein deutlicher Hinweis darauf war, dass er log. Er muss wohl versucht haben, auf diese Weise unser Gespräch zu kontrollieren. Ganz im Gegensatz zur Aussage seines Privatsekretärs, pflegte Sir Edward eine enge und innige Beziehung zur Anglikanischen Kirche. Er hatte wohl entschieden, das gesamte Erbe als Wiedergutmachung für den Raub durch einen seiner Enkel der Kirche zu vermachen.«

»Aber das erklärt doch nicht, was dann mit mir passiert ist?«

»Die Bruderschaft, Watson. Sie hat eine jahrhundertelange Tradition und ihre Grundsätze speisen sich aus den Vorfällen um Thomas Becket, den ehemaligen Erzbischof von Canterbury. Die Mitglieder haben es sich zur Aufgabe gemacht, das Kirchenrecht gegen das weltliche Recht zu verteidigen und auch sonstiges Fehlverhalten innerhalb der Kirche zu sühnen. Ihr Wappentier haben sie bei Becket entlehnt, die schwarze Alpenkrähe mit dem roten Schnabel. Auch der Satz auf der Kutsche ›Frieden und Freiheit der Kirche‹ ist dem bekannten letzten Satz des Erzbischofs entlehnt: ›Ich bin bereit für meinen Gott zu sterben, damit durch mein Blut die Kirche Freiheit und Frieden erlangen möge‹. Diese Männer gingen davon aus, dass Sie etwas über den Raub wussten und haben Sie einer Läuterung unterzogen. Das sollte durch dieses geheime Spiegelzimmer geschehen, also mithilfe eines so genannten katoptrischen Raums. Der jesuitische Gelehrte Athanasius Kircher hatte seiner-

zeit in Rom im 17. Jahrhundert das Kircherianum aufgebaut, ein Museum, in dem es eine Vielzahl solcher
Konstruktionen zu bewundern gibt. Wie erwähnt, ging er
davon aus, dass die Verunsicherung des Betrachters eine
reinigende Wirkung erzeugen und einer tiefen religiösen
Erfahrung dienen würde.«

»Also eine Art Folter?«

»Soweit würde ich nicht gehen. Man wollte Sie auf
den Pfad der Tugend führen und so das Geheimnis um
den Raub des Goldschatzes lüften. Diese katoptrischen
Räume können einen ziemlich starken Effekt auf die
Psyche haben, vor allem, wenn man ihnen längere Zeit
ausgeliefert ist.«

Ich bat meinen Gefährten eine Pause zu machen.
Mir war regelrecht übel bei dem Gedanken, dass man
mich womöglich wochenlang festgehalten und diesen
psychischen Qualen ausgesetzt hatte, um mich zu
läutern. Ich ging nach drinnen und schenkte mir Brandy
nach, der Beruhigung wegen. Eigentlich wollte ich von
dieser Geschichte nichts mehr hören, es genügte mir zu
wissen, dass mein Cousin das ganze Unglück ausgelöst
und mein Bruder, ob nun ehrenhaft oder nicht, einen
viel zu hohen Preis für seine einmalige Unaufrichtigkeit
bezahlt hatte.

»Watson, ich verstehe Ihre Verärgerung. Soll ich fortfahren, oder haben Sie für heute genug?«

»Verschonen Sie mich für den Moment.«

Als mich bereits die Müdigkeit zu übermannen
suchte, fand ich endlich meine Worte wieder.

»Danke, alter Freund.«

Als wir am nächsten Morgen beim Frühstück saßen, stieß der Inspektor zu uns. Ich hatte die Nacht erstaunlich gut geschlafen und fühlte mich erheblich besser.

»Guten Morgen, die Herren.«

»Setzen Sie sich, Bradstreet und trinken Sie eine Tasse Kaffee mit uns«, forderte ihn Holmes auf, »was konnten Sie denn bisher herausfinden?«

»Ich habe meine Zweifel, dass wir jemals herausbekommen werden, wer der Mörder des Pfarrers John S. Minster ist. Es dürfte aber keinen Zweifel daran geben, dass es ein Mitglied der Bruderschaft war. Und die Tatsache, dass man ihn enthauptet hat, spricht eine deutliche Sprache. Aber wir bleiben dran, Mr. Holmes.«

»Und was ist mit Jason Butler?«, wollte ich wissen.

»Er behauptet, in Notwehr gehandelt zu haben. Tatsächlich hatte der Archidiakon einen geladenen Revolver in der Hand. Ich vermute, dass niemand von den Mitgliedern der Bruderschaft mit Butler als Racheengel gerechnet hat.«

»Was haben Sie eigentlich der Bruderschaft für eine Nachricht auf Compton Lodge zurückgelassen?«, wollte ich wissen.

»Dass der Mörder von Bischof Montgomery, ihrem Oberhaupt, in der Kathedrale auftauchen würde.«

»Und Butler?«

»Dass sich ebendort die Männer versammeln würden, die er suchte.«

»Er wusste also ...«

»Ich hatte ihm ein paar der Zusammenhänge um das Verschwinden des Admirals offengelegt. Diese und sein zusätzliches Wissen haben wohl ausgereicht, um – wie heißt es – eins und eins zusammenzuzählen. Dr. Smithers lag also gänzlich falsch, als er vermutete, dass zwei Männer den Bischof ermordet hatten. Sie erinnern sich doch, dass ich sagte, man könne auf den Charakter des Mannes schließen, Watson? Ich bin mir ziemlich sicher, dass Butler seinen Onkel zur Rede gestellt hat. Als dieser sich abwandte und in Richtung Fenster ging, hat Butler wohl im Zorn den Schürhaken gegriffen und zugeschlagen. Erst ein schneller, halbherziger Schlag, dann, als der Bischof weiterging und den Vorhang griff, folgten zwei harte, unerbittliche Schläge. Die Blutflecken auf dem Boden waren höchst aufschlussreich, denn dort, wo der erste Schlag erfolgt war, lagen die Spritzer deutlich näher zusammen als am Vorhang. In den Unterlagen seines Onkels hat Butler wohl den entscheidenden Hinweis dafür gefunden, dass dieser und der Archidiakon Slight für das Verschwinden seines Vaters verantwortlich waren. Bischof Montgomery hatte ja ein eigenes Zimmer in Whitstable Hall. Die Schublade in seinem Arbeitstisch war abschließbar, bei meinem Eintreffen aber unverschlossen und leer. Bradstreet, Ihnen ist nicht aufgefallen, dass am Beschlag des Schlosses frische Kratzer waren? Nein? Ich bin mir sicher, dass Butler diese in seiner Aufregung verursacht hat, als er den Inhalt an sich nahm.«

185

»Dann werde ich ihn mir nochmal vorknöpfen, Mr. Holmes«, bestimmte der Inspektor dröhnend. »Zwei Morde innerhalb von wenigen Tagen? Man sollte glauben, dass das einen Menschen mehr mitnimmt.«

»Wissen Sie, Inspektor, die Seele eines Menschen ist eine weite Landschaft, und die Untiefen und Schlaglöcher sind nur aus nächster Nähe zu erkennen. Butler hat unter dem Verschwinden seines Vaters sehr gelitten und wegen dieser Ungewissheit nie mit dem Thema abschließen können. Als er dann wusste, wer dafür verantwortlich war, gab es kein Halten mehr. Eigentlich war ich überrascht, dass er nur drei Mal zugeschlagen hat.«

Holmes schenkte Kaffee nach.

»Wo ist Admiral Butler abgeblieben? Und warum hat man ihn verschwinden lassen?«, insistierte Bradstreet.

»Gehen Sie in das Nebengebäude auf Compton Lodge. Wenn Sie die Falltür öffnen und im Kellerraum den Stein zur Seite rollen, der wahrscheinlich wieder an seinem Platz steht, kommen Sie in einen verlassenen Klostergarten. Sie finden in der rechten hinteren Ecke der Mauer ein Grab. Ich bin mir sicher, dass der Admiral dort seine letzte Ruhestätte gefunden hat. Wundern Sie sich nicht, wenn man Spuren findet, die darauf schließen lassen, dass jemand gegraben hat. Das war meine Wenigkeit. Und seine Kutsche findet sich, wenn noch vorhanden, im Gartenhaus, das Sie durch das große Holztor erreichen. Watson, Sie erinnern sich, dass ich sagte, es sei sehr aufschlussreich, dass es keinerlei Hinweis auf den Admiral gab. Das war ein klares Indiz dafür, dass man ihn hatte verschwinden lassen. Sie waren ebenfalls im Garten. Ihnen ist doch sicherlich die ungewöhnliche Tatsache aufgefallen, dass man im Erdgeschoss Fensterläden angebracht hat. Nicht unbedingt üblich, würde ich meinen. Lassen Sie uns noch eine abschließende Zigarette rauchen. Ich denke unsere Arbeit ist getan, vielleicht erreichen wir noch den Zug nach London am frühen Nachmittag.«

XVIII. Zurück in der Baker Street

Zwei Wochen später läutete es an der Tür, als ich mich gerade im Lehnstuhl vor dem Kamin niedergelassen hatte. Es dauerte nicht lange, bis Mrs. Hudson hereinkam und Inspektor Bradstreet ankündigte.

»Danke. Wenn Sie so freundlich wären, ihn einzulassen.«

Sie nickte und verschwand aus der Tür, in der bereits mein Besucher stand und mich wohlwollend musterte.

»Kommen Sie herein, Inspektor. Bei diesem Wetter sollte man nicht einmal einen Hund vor die Tür jagen. Darf ich Ihnen etwas anbieten? Kaffee, Tee, Brandy?«

»Einen Tee und einen Brandy, bitte.«

Ich informierte Mrs. Hudson bezüglich des Tees und schenkte meinem Gast einen Brandy aus.

»Wo ist Holmes?«, wollte er wissen.

»Er liegt im Bett und schläft.«

»Dass Butler seinen Onkel auf dem Gewissen hatte, konnte ich im ersten Moment nicht glauben. Als ich dann aber die Unterlagen der Bruderschaft gelesen habe, war für mich die Tat zumindest nachvollziehbar.«

»Die Tatsache, dass man einen hohen kirchlichen Würdenträger ermordet hat, wies für mich sogleich auf eine Vendetta oder eine familiäre Geschichte hin.«

Ich zuckte zusammen, denn Holmes war unbemerkt aus seinem Zimmer gekommen und stand direkt hinter uns.

»Es war doch allzu offensichtlich. Mir war recht schnell klar geworden, dass der Admiral nicht einfach verschwunden sein konnte. Als es Sir Edward gesundheitlich schlechter ging, hat er seinen Freund gebeten, die Abläufe das Erbe betreffend zu übernehmen. Die testamentarische Verfügung war dergestalt, dass der persönliche Vertreter des Erblassers in seiner Befugnis, das Erbe zu verteilen, frei war. Der Admiral schien dem Wunsch seines Freundes Genüge tun zu wollen, das Erbe der Anglikanischen Kirche zu übereignen. Als jedoch nach dem Tod von Sir Edward deutlich wurde, dass allein Cousin Walter für den Raub verantwortlich zeichnete, war der Admiral wohl der Meinung, dass Ihrem Bruder, aber vor allem Ihnen, Watson, zumindest ein gewisser Anteil des Erbes zustand. Ich gehe davon aus, dass gewisse hochrangige Personen innerhalb der Kirche damit nicht einverstanden waren. Nach dem Verschwinden des Admirals tauchte dann ein Dokument auf, aus dem eindeutig hervorging, dass er Sir Edwards Vermögen der Kirche zugesprochen hatte. Ich habe es eingesehen und bin mir sicher, dass die Unterschrift gefälscht wurde. Watson hätte also durchaus eine Handhabe gegen die

Kirche, aber wie er mir versichert hat, hegt er kein Interesse, die Angelegenheit zu verfolgen.«

»Wie haben Sie es eigentlich bewerkstelligt, an die Schlüssel der Kathedrale zu kommen?«, wechselte der Inspektor das Thema.

»Der Erzbischof war in die letzten Schritte meiner Nachforschungen eingeweiht. Von ihm hatte ich sowohl die Schlüssel zur Krypta als auch zum Seitenportal des Gotteshauses. Übrigens deutete ich in meiner Nachricht an Butler an, dass dieses Portal nicht verschlossen sein würde. Dennoch habe ich in diesem Punkt versagt, denn ich war überzeugt davon, diese Tragödie verhindern zu können.«

»Es wäre ohnehin passiert, der Junge hatte seinen Entschluss gefasst«, versuchte ich ihm zu entgegnen. Holmes lächelte wenig überzeugt.

»Während Watsons ausgiebigem Strandspaziergang mit Butler konnte ich die Unterlagen, die dieser aus der Aktentasche und aus dem Schreibtisch seines Onkels entwendet hatte, einsehen. Daraus ging klar hervor, dass man das Problem Admiral Butler beseitigt hatte. Die Ermordung von Sir Edwards Erbverwalter hätte wahrscheinlich ein schlechtes Licht auf die Kirche als einzig Begünstigte geworfen. Also entschied man sich dafür, ihn verschwinden zu lassen. Als dann aber im Laufe der Zeit Stimmen laut wurden, dass etwas bei der Übernahme von Compton Lodge durch die Kirche nicht mit rechten Dingen zugegangen sei, erfand man die Geschichte vom Fluch, der auf dem

Anwesen liege. Und das machte sich wiederum die Bruderschaft zunutze. Ich bin überzeugt, dass dieser Vorschlag von ihr stammte. In jedem Fall«, Holmes nahm ein schmales Bündel Papiere vom Kaminsims und gab es Bradstreet, »sollte das hier auch noch an Scotland Yard gehen.«

Der Inspektor nahm es in die Hand und warf einen kurzen Blick darauf.

»Ohne Ihre bemerkenswerten Fähigkeiten abwerten zu wollen, aber das sind Methoden, die wir nicht einsetzen dürfen. Vielleicht haben Sie auch deswegen manchmal mehr Erfolg als wir.«

»Vielleicht, Bradstreet, vielleicht.«

Holmes zog seinen mausgrauen Morgenmantel zu. Dann wandte er sich zum Kamin, entnahm dem persischen Pantoffel Tabak, stopfte seine Pfeife und setzte sich zu uns.

»Warum hing eigentlich dieses merkwürdige Landschaftsbild in der St. Martin's Church?«, wollte ich von meinem Freund wissen.

»Sie müssen versuchen, die oft absonderlich anmutenden Rituale von Geheimbünden zu begreifen, das Bewahren von Traditionen, ihr Vermächtnis, das geistige Erbe. Die St. Martin's Church war über Jahrhunderte der Treffpunkt der Bruderschaft gewesen. Nachdem Compton Lodge ihr Sitz geworden war, legten die Mitglieder eine Spur in Form eines Bildrätsels, wodurch man zu ihnen finden konnte. Ganz so, als hinterlege man einen geheimen Schlüssel, der, selbst im

Falle des Niedergangs des Geheimbundes, einen Hinweis auf ihr Vermächtnis geben würde.«

»Es sieht ganz so aus, als gehe es in diesem Fall immer wieder um das Erbe, in welcher Form auch immer«, stellte ich fest.

»Ganz richtig, Watson. Bleibt nur noch eine Frage unbeantwortet«, begann Holmes erneut.

»Cousin Walter und der Pfarrer!«, bemerkte ich.

»Exakt, mein Lieber. Ich hatte also durch die Unterlagen in dem geheimen Zimmer einen genauen Einblick in die Untersuchung dieses Falls, die wohl von Inspektor Kingslay innerhalb der Kirche durch die Bruderschaft durchgeführt wurde. Den Pfarrer zu enthaupten, nachdem man ihn entlarvt hatte, war ein klares Signal an die Helfershelfer. Sie erinnern sich doch sicherlich an diese alte Geschichte, als man zwei tote männliche Leichen im Meer treibend gefunden hat. Kein Kopf, keine Hände, keine Füße. Seien Sie versichert, dass dies die beiden Komplizen waren.

Der erste Verdacht übrigens, ein Kirchenmann könne an dem Raub beteiligt gewesen sein, kam dadurch auf, dass es besonderer Fähigkeiten bedurfte, das Tor zur Krypta zu öffnen, denn es war äußerst robust und gut gesichert. Sie erinnern sich sicherlich, dass ich damals in der Kathedrale darauf hingewiesen habe, werter Freund? Dazu beging Pfarrer Minster einen folgenschweren Fehler. Nachdem Walter geflohen war und er nicht weiter wusste, hat er schließlich, nach eineinhalb Jahren, den wertvollen Schatz des Nachts in einem Sack auf die Stufen des Bischofssitzes gelegt. Watson, Sie haben sogleich das Bild erkannt, es sah aus wie ein Findelkind. Ein so stark christlich behaftetes Motiv stammte wahrscheinlich von einem Kirchenmann. Als Minster schließlich ein halbes Jahr später um Versetzung aus Canterbury bat, heftete sich die Bruderschaft an seine Fersen.«

»Eigentlich hätte er den Goldschatz auch gleich in ein Weidenkörbchen legen können«, bemerkte Bradstreet grinsend. Wir brachen in lautes Gelächter aus.

Als sich der Inspektor verabschiedet hatte, saßen wir eine Weile schweigend da, bis Holmes meinen Gedanken unterbrach.

»Aber natürlich wissen Sie das.«

Ich schreckte hoch.

»Weiß ich was, Holmes?«

»Na, wo Sie dem Farnkraut begegnet sind. Sie haben doch gerade daran gedacht, oder etwa nicht? Ich habe Sie vor vielleicht fünf Minuten auf die Blätter hier starren sehen. Es sind dieselben Papierbogen, auf die ich auch Ihren Krankenbericht geschrieben hatte. Dann wanderte Ihr Blick durch das Zimmer und hat an der strauchartigen Pflanze neben der Eingangstür verharrt. Sie haben sich an Ihre Bemerkung über das Farnkraut erinnert, und daran, dass es Ihnen bei unserem Abenteuer nicht begegnet ist.«

Ich war verblüfft.

»Das stimmt, alter Junge. Nicht zu glauben.«

»Und wollen Sie nicht wissen, wo es uns begegnet ist?«

»Heraus mit der Sprache!«

»Bei unserem Besuch im Klostergarten.«

Ich schlug mir mit der Hand gegen die Stirn.

»Tatsächlich, Sie haben Recht.«

»Was bedeuten könnte, dass Sie schon einmal durch den Garten geflohen sind, wahrscheinlich in Richtung Meer. Es war also nicht sonderlich spekulativ von mir anzunehmen, dass Sie auf dem Weg zu Ihrem Strandspaziergang mit Butler ein Déjà vu haben könnten, denn Sie hatten ja nur kurz zuvor bei unserem Besuch auf Compton Lodge dieses Schockerlebnis in dem katoptrischen Raum gehabt. Aber dies bleibt im Reich der Mutmaßungen. Gibt es denn noch etwas, das einer Klärung bedarf?«

»Wieso hatten Sie schon bei unserer Ankunft Kontakt zu Jason Butler?«

»Das lag doch nahe, wenn das Schicksal von Sir Edward und Admiral Butler so eng zusammenhing.«

»Und woher wussten Sie von dem Bild, das in der St. Martin's Church hing?«

»Als ich bei meinem ersten Besuch in Canterbury wegen des enthaupteten Pfarrers kurz mit dem damaligen Erzbischof zusammentraf, hatte mich dieser auf die St. Martin's Church als Ausgangspunkt meiner Untersuchung aufmerksam gemacht. Er schien geahnt zu haben, dass die Bruderschaft hinter der Ermordung des Pfarrers Minster steckte. Ich vermute, dass er sich wegen des möglichen Skandals von Montgomery die Untersuchung wieder ausreden ließ.«

»Aber zu guter Letzt ist die Wahrheit ans Licht gekommen. Hat diese Bruderschaft auch einen Namen?«

»Watson, sie heißt natürlich Pyrrhocorax-pyrrhocorax-Bruderschaft, getreu nach dem Wappentier des Thomas Becket. Was aber lehrt uns nun dieser Fall? Niemand, und wenn er noch so ehrenhaft und furchtlos sein Leben bestritten hat, ist gefeit davor, dass Nacheiferer das Andenken in eine Farce verwandeln.«

»Das mag sein. Aber wer dem Dasein keinen Sinn abringt, hat nicht einmal die Leere mit einem Lachen erfüllt.«

Ich war aufgestanden, hatte uns Rotwein eingeschenkt und reichte Holmes sein Glas.

»Auf das Leben!«

»Ja, auf das Leben und das Lachen, mein lieber Watson.«

*

Die Aufzeichnung der Geschehnisse um Compton Lodge ist mir nach all den Jahren des Schweigens ein inneres Bedürfnis gewesen. Für mich war es der notwendige Schritt, um mit den Ereignissen, die mein Leben so dramatisch beeinflusst haben, abschließen zu können. Sollte dieser Bericht nach meinem Tode doch einer größeren Öffentlichkeit zugänglich werden, bitte ich dies zu bedenken.

John H. Watson

XIX. Personenverzeichnis

Sherlock Holmes: Der wohl berühmteste Detektiv der Weltliteratur und als beratender Privatdetektiv der erste seiner Art

Dr. John H. Watson: Arzt sowie Partner und Freund von Holmes, mit dem er während ihrer gemeinsamen Abenteuer mehrfach die Räumlichkeiten in der Baker Street 221b teilt

Sir Edward Ashton: Großvater mütterlicherseits von Dr. Watson, dessen Bruder Henry Watson und von Walter Cunning

Inspektor Bradstreet: Verantwortlicher Polizeibeamter von Scotland Yard

Mr. und Mrs. Brown: Wirtsleute des Pigeons Inn

Admiral Reginald Butler: Freund von Sir Edward und dessen Erbverwalter

Jason Butler: Sohn von Admiral Butler

John Collins: Constable

Anne Cunning: Ältere verstorbene Tochter von Sir Edward

Walter Cunning (Cousin Walter): Sohn von Anne Cunning

Mrs. Hudson: Vermieterin der Räumlichkeiten in der Baker Street 221b und die gute Seele von Sherlock Holmes und Dr. Watson

Dr. Steven Hunter: Dr. Watsons behandelnder Arzt

Andrew Jeffries: Privatsekretär von Sir Edward

Inspektor Kingslay: Leitender Polizeibeamter des Distrikts Canterbury

Albert Lanning: Erzbischof von Canterbury (Diözesanbischof)

Mrs. Laud: Haushälterin von Pfarrer Stepright

James Minges: Coroner des Distrikts Canterbury

John S. Minster: Ehemaliger Gemeindepfarrer von Broad Oak

Milton Montgomery: Bischof, dem Erzbischof von Canterbury unterstellt (Suffraganbischof), und Bruder von Jason Butlers Mutter

Tom Plummer: Stallbursche auf Whitstable Hall

Franklin Slight: Archidiakon und persönlicher Referent des Erzbischofs

Dr. Smithers: Polizeiarzt und Allgemeinmediziner

James Stepright: Gemeindepfarrer von Broad Oak

Dr. William Stiebler: Hausarzt von Jason Butlers Mutter

Henry Watson: Dr. John Watsons älterer Bruder

Mary Watson: Jüngere verstorbene Tochter von Sir Edward

XX. Anmerkungen

Ale: Wird mit obergärigen Hefen bei Temperaturen von 15-25 Grad Celsius vergoren. Im Gegensatz zum Lagerbier ist die Gärzeit kürzer und findet bei höheren Temperaturen statt. Das Pale Ale oder so genannte Bitter hat einen ausgeprägten Hopfengeschmack. In der Grafschaft Kent liegt das größte Anbaugebiet dieses Getreides in England.

Archidiakon: Bezeichnet den Stellvertreter eines Bischofs. In der Hierarchie der Anglikanischen Kirche folgt der Erzdiakon oder Archidiakon dem Erzbischof und Bischof.

Bischof: Bezeichnet einen geistlichen Würdenträger, der die Leitung eines bestimmten Gebietes innehat. Er steht in der Hierarchie der Anglikanischen Kirche hinter dem Erzbischof an zweiter Stelle.

Boirac, Émile (1851-1917): Französisch-algerischer Arzt, der erstmals den Terminus »Déjà vu« verwendete.

198

Charade (Scharade): Entweder eine spezielle Form des Silbenrätsels oder etwas, das als wahr erscheint, aber auf einer Täuschung beruht.

Chaucer, Geoffrey (1343-1400): Schrieb die »Canterbury Tales« am Ende des 14. Jahrhunderts, wohl zwischen 1387 und 1400. Die darin enthaltenen Erzählungen werden von der Rahmenhandlung der »Tales« zusammengehalten, die von einer Pilgerreise von Southwark zum Grabmal des Thomas in die Kathedrale von Canterbury handelt.

Euklid (ca. 360-280 v. Chr.): Mathematiker und Verfasser des dreizehn Bände umfassenden Werks »Elemente«, in dem er das Wissen über die Mathematik seiner Zeit zusammenfasste. In England wurden Teile des Werks noch bis ins 19. Jahrhundert als Schullektüre für Geometrie eingesetzt. Euklid beschäftigte sich auch mit der Optik, seine Werke »Optika« und »Katoptrika« bilden einen wesentlichen Bestandteil der theoretischen Grundlage für Heron von Alexandrias Automaten-Entwürfe.

Gordischer Knoten: Gemäß einer griechischen Sage hatten die Götter den Gordischen Knoten am Streitwagen des Königs Gordios von Phrygien angebracht. Die Durchschlagung des Knotens bedeutet im übertragenen Sinne das Lösen eines schweren Problems mit ungewöhnlichen Mitteln. In einer Variante der

Legende schlägt Alexander der Große den Knoten nicht mit dem Schwert durch, sondern er wendet eine List an und zieht einfach den Pflock heraus.

Hansom Cap (kurz Hansom): Von dem englischen Architekten Joseph A. Hansom (1803-1882) patentierte zweisitzige, nach vorne offene Kutsche. Der Fahrer sitzt erhöht hinter dem Verdeck.

Heron von Alexandria (vermutl. 1. Jh. n. Chr.): Mathematiker und Ingenieur. Bekannt u.a. durch das Heron-Verfahren zum Berechnen der Quadratwurzel, den Satz des Heron sowie das Buch der Optik (»Dioptra«) und das Buch der Maschinen (»Automata«), in denen beispielsweise die Umsetzung von optischen Effekten in automatischen Theatern beschrieben werden.

Croker, Jack: Die Hauptfigur im Fall »Abbey Grange« aus dem Erzählungsband »Die Rückkehr des Sherlock Holmes«. Eine der Besonderheiten in dieser Geschichte ist, dass Holmes Kapitän Croker zwar aufspürt, ihn jedoch nach der Schilderung der Ereignisse nicht an die Polizei ausliefert.

Kathedrale von Canterbury: Das Mutterhaus der Anglikanischen Kirche, das unter anderem zu besonderer Berühmtheit durch die dortige Ermordung von Thomas Becket gelangte, dem damaligen Erzbischof von Canterbury.

Katoptrik: Ein Teilgebiet der Optik, das sich mit Spiegeln und Reflexionen beschäftigt. Erste Niederschriften zu diesem Thema werden Euklid zugesagt, nachgewiesen wurden sie jedoch erst bei Heron von Alexandria um 100 n. Chr.

Katoptrische Räume: Räume, die mit Spiegeln ausgekleidet waren und in denen man sich in unterschiedlichster Weise sah, zum Beispiel tausendfach vervielfacht, auf dem Kopf stehend, mit mehreren Köpfen, ohne Augen und Ohren, nur mit einem Auge. Es gab auch achteckige Kästen, in die man hineinsehen konnte und sich unter anderem mit dem Kopf eines Tieres oder einer anderen Person erblickte. Ein S-förmiger Spiegel zeigte das menschliche Gesicht mit einem Pferdekopf.

Kircherianum: Dieses Museum trägt den Namen seines ersten Kurators, des Universalisten Athanasius Kircher. Es wurde um 1650 in Rom eingerichtet und fußte auf der umfangreichen Sammlung ethnologischer und antiker Funde des römischen Senatssekretärs Alfonso Donnino. Dort fand sich die größte Sammlung von »Kunst- und Wunderkammern« der damaligen Zeit. 1871 wurde es vom italienischen Staat übernommen und 1915 aufgelöst.

Leverton: Holmes hat mehrfach mit Agenten der Detektei Pinkerton zu tun, speziell mit Leverton in »Der

Rote Kreis«. Diese Erzählung stammt aus dem Band »Seine Abschiedsvorstellung«.

Phelps, Percy: Die Hauptfigur in »Der Flottenvertrag« aus »Die Memoiren des Sherlock Holmes«. Phelps kennt Watson, da er mit ihm gemeinsam die Schulbank gedrückt hat. Der Bruder seiner Mutter ist Lord Holdhurst, der »große Politiker der Konservativen«, wie es in der Erzählung heißt.

Pint: Das Pint ist die Bezeichnung für ein Achtel einer Gallone. Im metrischen System entspricht dies 568 ml. Es wird für gewöhnlich als Maß für ein Glas Bier in Pubs gebraucht.

Pyrrhocorax pyrrhocorax (Alpenkrähe): Dabei handelt es sich um eine Vogelart aus der Familie der Rabenvögel (Corvidae). Sie gilt als das Wappentier von Thomas Becket. Später wurde die Alpenkrähe auch in das Wappen von Canterbury eingebunden.

Rochade: Ein aus dem Schach stammender Begriff, der einen Doppelzug von König und Turm bezeichnet. Watson spielt augenscheinlich darauf an, dass es Holmes aufgrund seines forschen Verhaltens gegenüber Inspektor Kingslay gelingt, einen Rollentausch zu erzwingen. Ergo: Sein Gegenspieler muss handeln.

Dr. Roylott, Grimesby: Der Bösewicht in »Das gespren-
kelte Band« aus dem Erzählungsband »Die Abenteuer
des Sherlock Holmes«. Dr. Roylott, ein jähzorniger
hünenhafter Mann, taucht in der Baker Street auf und
warnt Holmes, sich nicht in seine Angelegenheiten
einzumischen. Als warnende Drohgebärde verbiegt er
den Schürhaken. Der Detektiv biegt diesen jedoch
wieder gerade. Diese Erzählung bezeichnete Conan
Doyle als seine beste.

Silver Blaze: Der Name des verschwundenen Rennpferdes aus der gleichnamigen Sherlock-Holmes-Er-
zählung aus dem Band »Die Memoiren des Sherlock
Holmes«. Der Hund hatte deshalb nicht angeschlagen, weil er den Täter kannte. Mit seiner Bemerkung
weist Holmes Watson darauf hin, dass man den Admiral hat verschwinden lassen, sonst wären Spuren zu
finden gewesen.

Sterne, Laurence (1713-1768): Er gebraucht in seinem
Roman »The Life and Opinions of Tristram Shandy,
Gentleman« (1759-1767) die Wendung des Stecken-
pferdreitens in dem erweiterten Sinne, seiner Lieblings-
beschäftigung nachzugehen. Da Butler diesen Umstand kennt, schließt Watson auf dessen gute Bildung.

Dr. Sterndale, Leon: Das Gleiche wie für Kapitän Croker
gilt für Dr. Sterndale, eine der Hauptfiguren in »Der
Teufelsfuß« aus dem Erzählungsband »Seine Ab-

schiedsvorstellung«. Auch hier kann Holmes diesen als Täter entlarven, liefert ihn jedoch nach dessen Bericht des Geschehenen nicht an die Polizei aus.

St. Martin's Church: Sie ist die älteste durchgehend genutzte Gemeindekirche in ganz England. Ursprünglich war es die private Kapelle von Königin Bertha von Kent im 6. Jahrhundert.

Thomas von Canterbury (Thomas Becket, 1118-1170): Er wurde 1118 in London geboren und studierte in Paris. Erzbischof Theobald von Canterbury ermutigte ihn zu weiteren Aufenthalten in Auxerre und Bologna, wo er Zivil- und Kirchenrecht studierte. 1162 wurde er Erzbischof von Canterbury und war somit Primas von England. König Heinrich II. und Thomas hatten jedoch unterschiedliche Auffassungen in Bezug auf die Kirche und deren Rechte. Der Erzbischof sorgte für Verärgerung beim König, weil er die an der Krönung von Heinrichs Sohn beteiligten Bischöfe exkommunizierte. Der König war außer sich vor Wut, die vier anwesenden Ritter deuteten seine Äußerungen als königlichen Mordbefehl. Becket wurde in der Kathedrale von Canterbury erschlagen. Dies war ein weiterer Höhepunkt des Streits, um die rechtliche Immunität der Kirche, die auch schon im langjährigen Investiturstreit (1076-1122) Teil der Debatte gewesen war. Bereits 1173 wurde Thomas Becket heilig gesprochen.

Twain, Mark (Samuel Langhorne Clemens, 1835-1910):
Er veröffentlichte den Klassiker des Jugendromans
»The Adventures of Tom Sawyer« im Jahre 1876.
Die Geschichte spielt in Missouri am Ufer des Mis-
sissippi. Indianer Joe, der Bösewicht der Geschichte
und Gegenspieler von Tom, verhungert in der
McDouglas-Höhle.

Ebenfalls in der Reihe Gollenstein Krimi sind erschienen

Christian Bauer
Ein nackter Arsch
240 Seiten, Broschur
ISBN 978-3-938823-69-9

Ein dreckiger Sack
192 Seiten, Broschur
ISBN 978-3-938823-94-1

Ein origineller Plot, saftige Figuren, flotte Dialoge und eine lakonisch-pointierte Schreibe ohne Schnörkel oder gar Ausschweifungen.

The Reverend

Christian Bauer beweist jedenfalls mit seiner neuen Geschichte um Kommissar Simarek, dass er gute Krimis schreiben kann, die in sich stimmig, humorvoll und spannend bis zur letzten Buchseite sind. Die Charaktere sind differenziert, sympathisch und wecken Interesse auf mehr.

Monika Jungfleisch

www.simarek.de

André M. Hennicke
Der Zugriff
304 Seiten, Broschur
ISBN 978-3-938823-74-3

André M. Hennickes Debütroman um die Jagd einer Interpol-Spezialeinheit nach einem Phantom im Internet bietet weit mehr als ein hochaktuelles Thrillerthema in Zeiten der Globalisierung. Hennicke ist ein glänzender Beobachter von Menschen und Milieus und so seziert er mit der Beschreibung einer deutschen Hochhaussiedlung nicht nur individuelle, sondern auch gesellschaftliche Befindlichkeiten in all ihren Nuancen.

„Der Zugriff" fesselt durch detailgetreue und sachkundige Schilderung technischer Möglichkeiten. Hennickes subtile Studie des Lebensraums Hochhaus als Mikrokosmos verhindert dabei, dass das abstrakte Thema Cyberkriminalität völlig ins Virtuelle abgleitet.

Saarbrücker Zeitung

Buchgestaltung & Zeichnung:

Nathalie Nierengarten

Satz: Karin Haas

Schrift: Caslon

Papier: Munken print creme 90 g

Druck: Merziger Druckerei und Verlag

Bindung: DWG Saarbrücken

Printed in Germany

ISBN 978-3-86390-007-6